诺贝尔 Nobel laureates in Literature 作品 精选 插图版
文学奖

饥饿的石头

〔印〕泰戈尔／著

李兴海／编译

海豚出版社
DOLPHIN BOOKS
CICG 中国国际传播集团

图书在版编目（CIP）数据

饥饿的石头 /（印）泰戈尔著 ；李兴海编译 .
北京 ：海豚出版社，2025. 6. --（诺贝尔文学奖作品精
选）. -- ISBN 978-7-5110-7304-4

Ⅰ . I351.45

中国国家版本馆 CIP 数据核字第 2025HV0493 号

饥饿的石头

（印）泰戈尔　著　李兴海　编译

出 版 人	王　磊	
责任编辑	熊　隽	
特约编辑	杨京京	
封面设计	宋双成　冉振琴	
责任印制	蔡　丽	
法律顾问	北京市君泽君律师事务所　马慧娟　刘爱珍	
出　　版	海豚出版社	
地　　址	北京市西城区百万庄大街24号	
邮　　编	100037	
电　　话	010-68325006（销售）　　010-68996147（总编室）	
印　　刷	天津泰宇印务有限公司	
经　　销	全国新华书店及各大网络书店	
开　　本	710 mm×1000 mm　1/16	
印　　张	11	
字　　数	125千	
版　　次	2025年6月第1版　2025年6月第1次印刷	
标准书号	ISBN 978-7-5110-7304-4	
定　　价	39.80元	

开 篇 语

  1913 年，泰戈尔凭借诗集《吉檀迦利》成为亚洲第一位诺贝尔文学奖获得者。他一生创作了许许多多的诗歌，展现了对生命、自然、爱情和人性的独特见解。我们在读完他的诗歌后，总会被其中迸发出的生命力所打动，被他文字中丰富的想象力和美好的意境所震撼。

  除了诗歌，泰戈尔在小说领域也取得了巨大的成就。他的小说常常以印度社会的底层人民为主要角色，每一个鲜活的角色都源于泰戈尔在日常生活中的细心观察，在他的作品中你可以看到农夫、渔民、旅客、儿童、商贩等各个阶层的人物。同时，他以印度人民的现实生活为题材，用温柔的笔触展现人物特点和情感，通过诗意化的语言描写景物、表达思想。

  本书精选了泰戈尔的经典短篇小说，希望能带领读者穿越到另一个时空，与故事中的角色同呼吸共命运。其中，《饥饿的石头》讲述了一位棉花征税人住在废弃宫殿中的奇遇，揭示了人性的贪婪，表现了泰戈尔对底层妇女的关切和同情；《童话新语》集合了七篇充满童趣和诗意的诗歌故事，以优美的语言展现了泰戈尔对生活和社会的独特观

察视角，表达了他理性的思考；《喀布尔人》讲述了"我"的女儿与一个看上去粗鲁，实则心思细腻的喀布尔人相遇相识的故事，故事由喀布尔人对"我"女儿的疼爱引出了他对自己女儿的思念和爱，泰戈尔细腻的笔触让人不禁为喀布尔人浓浓的父爱动容；《笔记本》中以女孩乌玛自我意识觉醒，想要识字学习文化的故事，表现了泰戈尔对印度女性深切的同情；《暗室之王》讲述了由一位居住在暗室里面的国王而引发的真假国王、王后之争的故事，表现了泰戈尔对印度文化和精神的深度思考……

世界上描写底层人民悲惨生活的作家很多，可是像泰戈尔这样将人民的苦难、浓郁的诗情、抗争的精神、深沉的人道主义情感都结合在一起的作家却寥寥无几。泰戈尔越过阶级的限制，看到底层人民的苦难，听到他们的哀鸣和控诉，关注到女性在印度社会中的地位，感受到她们的抗争，于是用自己的文字，倡导自由和博爱，呼吁社会公平与正义。他那种悲天悯人的人道主义精神、细腻的感触和深邃的思想，哪怕远隔时空也依然能让我们感慨良多。

在当前快节奏的学习模式中，孩子们思考的时间和机会越来越少，这可能会导致孩子们对周围世界的感知变得迟钝，对生活中的美好和细微之处缺乏关注。阅读本书，可以让孩子们学会放慢脚步，去品味文字背后的情感与意境。书中的故事蕴含着作家对自然的热爱、对人性的深刻洞察以及对生活的哲学思考，这些都能够引导孩子学会观察周围的世界，从日常中发现不平凡，从而培养出细腻的感受力和敏锐的观察力。

当然，不用担心孩子们还不能完全理解泰戈尔部分作品中所带有的沉重情感。泰戈尔热爱生命，追求光明，他写作不只是为了表达他看到的黑暗，更是为了呼唤光明和希望，因此泰戈尔还被甘地称为"伟大的导师"。苦，是过程，美好才是未来必然会到来的东西。在看到苦难和悲剧，听到哀鸣和呼号之后才迎来的光明，不是更能让人珍惜吗？

　　我们希望每个孩子都能在泰戈尔的作品中感受到他博大的胸襟、积极向上的精神和深邃的思想。在阅读这本书时，如果孩子们能被泰戈尔的文字所打动，并从中获得养分，那么我们把这本书推荐给孩子们的目的就达到了。

目录
Contents

饥饿的石头

结束了普迦之旅以后，我和一位亲戚乘火车返回了加尔各答。在这段乘车的旅途中，我们认识了一个新朋友。如果只看他的衣着和举止，人们肯定会以为他是一个内地的伊斯兰教信徒，不过在听了他的言论之后，我们糊涂了。他对各种话题都自信地滔滔不绝，看样子就像是真主安拉想要做什么事情，都得向他请教似的。

在遇到他之前，我们完全不知道世界上发生了诸多离奇事件，不知道俄国人正在悄悄地进军，不知道英国人每天遮遮掩掩搞的秘密计划，更不知道印度的王公贵族每个人都心怀鬼胎，所以，我们的心情一直都是十分愉悦的。

新朋友米伦沙尔先生微微一笑，说："霍拉旭，其实在这天地之间有很多的事情是我们人类的哲学理论从来都没有提及的。"

由于我们早早地离开了家，因此，他的谈吐让我们感到很惊讶。即便是一些极为琐碎的主题，他都能够引经据典，或谈到科学原理，或引用某位著名波斯诗人的诗句，侃侃而谈。

对此一无所知的我们越听越崇拜他。尤其是我的亲戚——一位不折不扣的有神论者，他笃定这位新朋友一定是获得了一种神奇的超自然力量的启发，类似于我们说的"磁场""灵魂投射"或者"神秘力量"这一类的东西。尽管这位新朋友讲的话可以说是再简单不过了，但亲戚在聆听他讲话时都是面带虔诚的，一边听讲一边偷偷地做笔记。亲戚在纸上记录话语这一举动，也给予了新朋友很大的满足感，说话的声调都提高了不少。

火车到了中转站以后，我们在候车室里等待着下一趟车的到来，彼时正是晚上十点，听说因为轨道出了问题，火车很可能晚点，因此我在桌子上铺好了被褥，准备在这里稍微休息一下。这个时候，那位新朋友又口若悬河地讲了起来，显然，我们晚上是没有办法睡觉了。

下面由我用第一人称向大家转述一下发生在他身上的神秘故事吧！

由于产生了一些意见分歧的问题，我从朱纳格特土邦辞去了职务，转而投靠海得拉巴土邦的尼扎姆王公。因为我年轻力壮，很快就被他们任命为整个巴里奇地区棉花税的征税人。

巴里奇坐落于绿树成荫、人烟稀少的山里。这里有一条苏斯塔河，它就像姑娘一样美丽，穿梭在山林间，展现它优美的身姿。河边有一段一百五十级的阶梯，阶梯的尽头是一座孤零零的大理石宫殿，宫殿周围人迹罕至，与村庄和棉花市场相距甚远。

距今大约二百五十年前，奥斯曼帝国苏丹穆罕默德二世在这里建造了这座宫殿。那时候，这座宫殿可以说是相当奢靡的。极盛时期，宫殿的喷泉中都撒满了漂亮的玫瑰花瓣，波斯少女们会在沐浴之前散开她们柔韧的长发，坐在大理石铺就的地面上，用她们柔软而光洁的双脚在水池中轻轻地拨弄出点点涟漪。吉他声响起时，她们便应和着

唱起了葡萄园里的爱情诗歌。而现在，泉水早就已经干涸了，歌声淹没在了历史的长河之中，雪白的大理石上也早已没有了少女们留下的足迹。空旷和凄凉在这里驻守，好在我们这些收税人——一群孤独且压抑的男人，得到了它慷慨的收留。

我们办公室有一个老员工名叫卡里姆·汗，他多次警告我们不要在这里过夜："如果你们实在想留在这里的话，最好白天来，晚上千万不能留宿在这儿。"

我完全没有把他的话放在心上，只是一笑了之。有关这座宫殿的传闻极坏，现在，即使是小偷都懒得光顾这里。

开始的时候，这座荒芜的宫殿到处都弥漫着一种孤寂的氛围，这使我感到十分压抑。为了减轻这种压抑感，我白天的时候在外面竭尽全力地工作，让自己变得疲惫不堪，这样晚上回来的时候就可以倒头就睡。

不过，不到一个礼拜，这座宫殿中开始散发出一种奇特的、令人无比陶醉的气息，这种气息深深地吸引着我。我感觉这座宫殿有了生命，它在慢慢地分泌一种类似于胃液的东西，这种东西似乎在渐渐地将我"消化"。这种感觉很难跟第二个人描述，即便是说了，别人也不会相信。

或许在我刚踏进这里的时候，这种情况就开始了。因为我清楚地记得，我最清醒地感知到它开始的那一天。

正值初夏，市场里冷清极了，我没有事情做。在太阳西垂之时，我悠闲地坐在河边的椅子上。此时苏斯塔河的水位下降了许多，河的面积也因此缩小了。河岸边露出了一大片沙地，夕阳的余晖洒在上面，十分好看。岸边浅水区的鹅卵石闪闪发光。四周一丝风都没有，生长在阿瓦利群山之中的灌木丛散发出一种特殊的辛辣之味，完全侵入到空气之中，令人无法忍受。

太阳完全落山后，长夜霸占了白昼的舞台。日落的时候，光影交错的时间被山峦阻挡得缩短了许多。我想要驾车出趟门，刚一起身就听到台阶上传来了一阵急促的脚步声，似乎很多人正赶着下楼。我的内心泛起一种既恐惧又喜悦的感觉，这种感觉让我战栗起来。虽然我的面前没有什么人，但是我能够清晰地感觉到有一群少女正在欢呼雀跃地走下台阶，准备去往苏斯塔河沐浴，以驱走这夏日的暑热。

虽然这山谷、河流以及宫殿里确实没有一丁点儿声音，但是我确信，我听到了少女们的欢声笑语，那声音就像山间汩汩的清泉，化成了成百上千条向前奔流的小河。少女们四处追逐打闹，从我的身边快速跑过，向河边奔去。当看到原本平静无波的水面上忽然泛起了丝丝涟漪时，我仿佛看到了少女们正用她们洁白的手臂轻轻地搅动着河水，手腕上的饰品也随着水声叮当作响。她们嬉闹着将水花洒向对方，用双脚激起一阵阵欢快的波浪。

我很难描述这种感觉是恐惧、兴奋、喜悦，还是好奇。我希望能够看清楚一点儿，但实际上我的眼前什么都没有。我以为只要竖起耳朵、屏住呼吸就能够听到她们说了什么，然而，传入我耳中的只有林中的阵阵蝉鸣。我的眼前仿佛被一道有着二百五十年历史的黑色帷幕挡住了视线，我试图拨开帷幕窥探后面的景象，可帷幕之后依旧笼罩着黑暗，什么也看不见。

突然，一阵风吹来，一下子驱走了这令人窒息的闷热。苏斯塔河再次泛起了涟漪，仿佛居住在森林中的仙女微微飘动的长发。就在这个时候，暗夜笼罩下的森林里传来一阵呢喃，我仿佛从睡梦中被惊醒。不管是现实也好还是在梦境中也罢，这幅来自二百五十年前的如海市蜃楼一般的景象在与我短暂相遇之后便匆匆离开了。那些神秘而曼妙的少女像风一样从我的身边经过，发出银铃般的笑声，踏着轻盈的步伐，随后跳进了苏斯塔河；她们出浴后还没有来得及拧干长裙，就如同被风吹散的花香一样，消失在了缓缓流淌的河水之中。

那个时候，我怀疑这是缪斯女神抓住我孤独的弱点而迷惑我的手段。显然，这样的方式可以很轻易地毁掉一个靠收棉花税为生的卑微的可怜虫。

一个人在饿着肚子的时候，各种疾病会立马趁虚而入，于是我打算美美地饱餐一顿。我让厨师安排了一顿具有印度和中亚地区风味的大餐，香料和油酥的味道让饥肠辘辘的我瞬间得到了满足。

第二天早晨，我醒来之后回想了一下昨夜的一系列奇遇，突然觉得有点儿可笑。随后我收拾了一下，戴上了一顶军官帽样式的太阳帽，开心地驾着马车上班去了。

因为我需要把本季度的报告完成，所以下班会晚一点儿。但是临近傍晚的时候就有一种非常奇怪的力量吸引着我，似乎在召唤我回去。我没有办法向第二个人诉说我的感受。但是我知道，有人在殷切地期盼着我回去，我一刻都不能待在外面了。于是我毫不犹豫地扔下了手头的工作，戴上太阳帽就连忙往居住的旧宫殿赶去。急促的马蹄声打破了小径的幽静，我再次回到了那座清冷空旷的被群山包围的废旧宫殿中。

宫殿中有一座通向二楼的楼梯，它的尽头连接着非常宽敞的大厅。大厅里有三排非常大的立柱，支撑着拱形的屋顶。屋顶上雕刻的精美花纹并没有在时间的流逝中消失，它们依旧清晰可见。然而，尽管宫殿中的一切——从楼梯到大厅，从立柱到屋顶上的花纹——都显得如此庄严而美丽，但它们似乎都忍受不了长时间的孤独，因此而日夜悲鸣。

我回到这里的时候，天还没有黑下来，因此宫殿里还没有点灯。

推开门的那一刻，我感觉整个屋子一下子骚动了起来——似乎有一群人因为混乱而被冲散了，他们争先恐后地往四面的窗户那里逃离。但实际上，我并没有看到什么人影。我怔怔地站在大门口，全身开始不由自主地战栗起来，空气中弥散着一股像化妆品发酵了很久的味道。我走进这黑暗、冷寂的宫殿，站在古老的立柱之间，屏住呼吸，仔细地聆听着。我听到了潺潺的清泉撞击在大理石地面上的声音，听到了古老的弦琴弹出的奇妙音乐，听到了宫殿的装饰在风中相互撞击的声音，听到了少女跳舞时脚镯发出的清脆撞击声，听到了巨大的晚钟报时的声音，听到了宫殿远处奏响的婚礼鼓乐，听到了微风吹晃吊灯的当当声，听到了宫殿外的走廊上、笼中夜莺的歌唱，还听到了花园中鹤鸟的低语声。周围的所有声音都汇集在了一起，变成了一首独一无二的天籁。

我被困在了这幻境之中，似乎感觉到这些神秘莫测、触不可及、完全虚幻的场景才应该是真实存在的。换句话说，我这个不知名的先生，某个人的长子，棉花税收税人，每个月有着四百五十卢比的薪水，每天都要穿着制服、坐着双轮马车去上班——这一切的一切都是那么的可笑，充满着虚伪和缥缈。想到这里，我在这空旷、冷寂、黑暗的宫殿里哈哈大笑起来。

　　这时，我的仆人提着一盏煤油灯走到了我的面前。我不清楚他怎么想的，是不是觉得我疯了，但他的到来也让我清醒了过来。我的确是一位已逝者的长子。我想，一个诗人无论多么伟大或者多么渺小，他都拥有属于自己的梦境，梦境里面有看不见的喷泉在喷着水，有看不见的双手在拨弄着弦琴，弹奏着永恒、动人的声音。这个梦境可能存在于宇宙之内，也可能存在于宇宙之外。不过，我至少能确定，我作为一个棉花税的收税人，每天都要穿着制服、坐着双轮马车去巴里奇的棉花市场收税，一个月能够拿到四百五十卢比的薪资。接下来，我借着煤油灯微弱的光亮开始阅读起了报纸，其实我还沉浸在自己刚刚的奇思妙想当中，想着想着我就痴痴地笑了起来。

　　看完报纸、吃完丰盛的大餐以后，我吹灭煤油灯，睡在了我的小厢房中。朝窗外看去，在阿瓦利群山脚下，幽暗的灌木丛在肆无忌惮地疯长着，一颗启明星高悬于山顶之上，闪闪发光。星光悄悄地顺着打开的窗子溜进了屋里。在我看来，这颗远在天际的星星似乎是在刻意地盯着我这个睡在小厢房里的收税人。我对自己的这种想法感到既惊讶又好笑，后来我便不知不觉地睡着了。

不知道在沉睡中度过了多久，我猛然从梦中惊醒，并不是有什么声响吵到了我，屋里也没有其他人。远处漆黑的群山上方，明珠般的星星早已消失不见，取而代之的是一弯新月，它微弱的光溜进了我的窗子。

虽然没有看到什么人，但是我能够清晰地感觉到有人在用手指温柔地推着我。我醒来以后，她默默地用她戴着戒指的手指示意我跟上她的脚步。我站了起来，没有发出一点儿声音。这座宫殿中有成百上千个充满着魔幻曲调和旋律的房间，却唯我一人在其间穿梭。即便如此，我迈出的每一步都非常小心，感觉只要有一丁点儿声音就会惊醒什么人。宫殿里的很多房间门都是紧闭着的，我从来没有进去过。

我屏住呼吸，小心翼翼地跟着这个无形的女向导。我不知道自己将要去往何处，也不知道我们走过了多少没有尽头、黑暗而狭窄的通道，经过了多少空旷安静的客厅，路过了多少紧闭着房门的屋子……

我没有办法看见这位女向导，却在心中默默地刻画了她的模样——她是一个真真正正的阿拉伯少女，她那如大理石般洁白的手腕在宽大的衣袖中若隐若现；她花朵一般的脸庞被轻纱遮住，腰间别着一把弯刀。

我感觉自己仿佛走进了《一千零一夜》中的魔幻世界，在深夜巴格达的某条小巷中，开启一场冒险的旅行。

最后，那个美丽的向导突然驻足在一块帷幕之前，她似乎在指引我看地上的什么东西，而在我的眼中，那里空无一物。我再次顺着她手指的方向看去，突然一阵恐惧向我袭来，因为我感觉到，那块帷幕的下面睡着一位长得极为恐怖的埃塞俄比亚战士，他身穿华丽的绸缎，怀里抱着一把宝剑，躺在那儿休息。然而那位美丽的向导却只是走过去轻轻地跨过战士的腿，掀起了帷幕的一角。

那片帷幕后的房间里坐着一个人，我看不清她的脸，但我能清晰地看到她黄色衣袍下那双穿着锦缎绣花鞋的美丽小脚。房间的空地上铺满了精美的波斯地毯，她就坐在地毯的宝座上。那双脚无比慵懒地踩在天鹅绒地毯上。她身旁的桌子上有一个透明的托盘，托盘里是一些精致的水果。果盘旁边是一套点金雕花装饰酒器，看样子似乎是要招待客人。房间里有一股奇异的熏香，那香味很快穿过帷幕，萦绕在我的周围。

我学着女向导的样子，尝试跨过那个战士的腿，但是我始终没有办法抑制我的心跳。突然，那个战士醒了过来，他怀中的宝剑从身上滑落，掉在了大理石地板上，发出了尖锐的声音。蓦地，我听到一阵恐怖的尖叫声……等我醒来的时候，发现自己依旧在那张小床上，但浑身已经大汗淋漓。清晨的弯月是蜡黄色的，看起来像一个虚弱的病人睡醒后的样子。那个叫梅赫尔·阿里的疯子还是像往常一样，每到黎明时刻就开始在小巷里大喊："走开！都是幻觉！全都是幻觉！"

"一千零一夜"中的第一夜就这样过去了。不过，我还有剩下的一千个夜晚呢。

我的生活似乎被割裂开了，白天的时候，我拖着疲惫不堪的身体去往棉花市场工作，内心一直在埋怨夜晚那些令我着魔的虚幻梦境。可回到旧宫殿，我又会觉得白天的庸庸碌碌是那样的荒谬可笑、毫无价值。

于是夜幕降临的时候，我又沉醉在那虚无缥缈的梦境中：在梦里，我成为一个在古代历史上籍籍无名的人，穿着几百年前流行的宽松而华丽的丝绸长袍，头戴着洒了香水的红色天鹅绒头巾。我把自己仔细地打扮了一番，坐上了一把高高的椅子。手里的香烟也换成了装满玫瑰花水的水烟筒，我的内心渴望着能够和我心爱的人开启一场浪漫的约会。

夜越来越深，这里不知道已经发生了多少魔幻的事情了。总之，我没法用语言向你们描述。这座空旷的宫殿里，每个古怪的房间里都散落着许多奇幻故事的残页，它们随着一阵阵微风上下翻飞。我在很远的地方捡到了一些残页，但是却没有办法找到记载它们后续故事的书页。我在宫殿中奔跑追寻，从一个房间游荡到另一个房间，就这样找了一个又一个晚上。

我就这样沉沦在梦境的旋涡之中。有时候，会有一个少女伴随着弦琴的声音像一道闪电般突然出现，随之而来的还有一股花瓣的香气，在空气中弥散。她头上戴着华丽的帽子，帽子上的金色流苏总是在微风的吹拂下借机亲吻她的脸颊。她的上身是一件金线织成的紧身衣，下身是一条颜色鲜艳的裤子，她那双穿着锦缎绣花鞋的双脚白里透红。她的模样像灿烂的烟火一般突然出现，又在短短的一瞬间便消失了。

她是那样让我着迷，为了能够追寻到她的身影，我放任自己每天都沉沦在梦境当中。我走进了一个又一个房间，走过了一条又一条幽暗的走廊，在那迷宫一样的小巷中徘徊着。

在某一天的黄昏，我努力把自己装扮得像一个高贵的王子，然后在一面两边点燃蜡烛的大镜子前坐下。这个时候，我突然在镜子里看到了那个阿拉伯少女默默地依偎在我身边。她低着头，那双含情脉脉又略带一些痛苦的双眸黝黑发亮，那张小巧的红唇似乎在对我诉说着些什么。接着，她起身跳起了舞，体态纤细，舞蹈婀娜多姿，舞步轻盈而充满韵味，犹如藤蔓上绽放的鲜艳花朵。然而，就在一刹那，她又如幻影般消失无踪。

突然，一阵狂风袭来，吹灭了我身边的蜡烛，带走了山林的清香。我走进卧室，躺在床上，闭上了眼睛。不久后，我的周围又被温暖的和风和山林的幽香包裹。在无边孤寂的黑暗中，似乎暗含着一种浓浓的爱意。我仿佛听到那个少女在我耳边轻声呢喃，她的丝巾一次次拂过我的面颊，上面有香水的清香。这个迷人的少女就像一条大蛇，用丝巾一点点把我箍紧，我的呼吸渐渐沉重了起来，最终我彻底失去知觉，坠入了梦乡。

又是一天的黄昏，我想要骑着马去外面兜风，我能清晰地感受到好像有人在阻拦我，但是我没有让步。正当我专心致志地整理着衣架上的太阳帽与短上衣准备出发时，窗外突然刮起了一阵狂风。它带着苏斯塔河的泥沙和阿瓦利群山上的枯叶冲向了天空。风浪就这样一圈圈翻卷着，最终形成了一股十分强烈的旋风。这个时候，一阵欢快的笑声在旋风中越来越清晰，狂风大力地拍打着每一片充满神秘的帷幕，露出每个房间的一角，然后又再次朝着天空的方向冲去，最后在太阳落山的地方消散了。

那天傍晚，我没有离开那座宫殿。不过在夜深时，我再次从睡梦中惊醒。这时，我依稀听到有人在哭泣，哭声好像是从我的床底下传来的，或者说是从这座庞大宫殿的地基之下传来的。那声音仿佛是从某个黑暗潮湿的洞穴处向我发出的哀戚的祈求："啊！请您救救我吧！请您把看到的那些幻觉都打破吧！只要您打破那扇让您沉沦于梦境的大门，我就可以坐上您的马鞍，穿过高山、森林和河流，重新回到阳光普照的大地。"

我何德何能可以拯救你呢？我要怎么做才可以将你从深陷的痛苦中拉出来呢？哦！神秘而美丽的女子，你诞生在哪一年？你的家在哪里？是怎样的一泓清泉、一片椰林有幸见证了你的诞生？你的母亲是不是一个无家可归的荒漠旅行者？是哪一个邪恶无比的强盗把你——这朵高傲圣洁的花从藤蔓上强行摘下，带着你穿过茫茫大漠，送到了那个充满罪恶的王都的奴隶市场？在那里，你的美貌又吸引了哪位王宫侍从的目光？让他不惜花重金将你买下，然后把你放进了金轿子里，包装成礼物送进了皇宫。而你又是如何凄苦地被国王打入了这座冷宫？啊！那里的历史是如此奇异！古老的弦琴与少女脚镯上清脆的铃铛声交织在一起，竟然透露出一丝刀光剑影的紧张气息。这里的火焰是由毒酒点燃，普通人难以想象这堕落与繁华并存的景象，更没法体会那暗无天日的牢笼和囚禁。

两个女奴服侍在国王身边，她们挥舞着由牦牛尾巴和孔雀羽毛制成的拂尘，手腕上的钻石手链闪闪发光。那尊贵的帝王躺在她们的双腿上，那个令人望而生畏的埃塞俄比亚侍从手里握着一把带着鞘的剑肃穆地站在门外。即便是用天使一般的衣袍为他粉饰，他依旧像一位死亡的使者。

我看到圣洁的你已经被那些污秽的鲜血淹没，嫉妒的气息和阴谋诡计形成的洪流将你卷入其中。你就像一朵被扔进了死亡之海的沙漠之花，更不幸的是，你还被海浪拍在了岸上。美丽的女孩子，你到底身处何方？是历史上哪一个时代的人？

突然，我又听到了疯子梅赫尔·阿里的喊叫："走开！幻觉全都滚开！这一切都是假的！都是假的！"

我睁开眼睛的时候，外面早已是白天。门卫照常给我送来了信件，厨师也恭敬地问我想吃什么。

我说："不必了，这座宫殿已经不能再住下去了。"

当天，我带上了所有的行李搬到了办公室。老员工卡里姆·汗看到我的时候朝我微微一笑，但这样的笑却让我浑身不舒服。我有点儿生气，没有理睬他，只是专心地投入工作中。

黄昏已经到来，我的心情也越来越烦躁。我感觉到似乎有什么东西在等待着我去赴约。我手上紧急的工作突然失去了价值，甚至连尼扎姆王公制定的工作规则都变得无足轻重了。可以说，这个时刻，我的工作、饮食，甚至于周围的一切事物全都变得没有任何意义，它们微不足道得近乎可怜。

我放下了手中的钢笔，合上了棉花税的账本，驾着我的马车离开了办公室。一路上我都是恍惚的，等我清醒过来的时候，我震惊地发现黄昏已经被黑夜取代，而我的马车停在了那座古老的宫殿门口。我下了马车，走上了台阶，走进了那座宫殿。

今天晚上的宫殿十分安静，被黑暗包裹的房间甚至显得有些死气沉沉，这座宫殿似乎是在向我传达它对我的离开感到不满的信息。我心怀愧疚地走进了屋子里，但是没有人可以让我诉说自己的心声。此刻，这个宫殿里只有我一个人，我也不知道应该向谁表达自己的歉意以求得原谅。

我颓丧地游荡在宫殿各个昏暗的房间里。我想，要是此刻我有一把吉他，我肯定会向那位未知的人唱诵："啊！尊敬的火神，背叛了您的那只可怜的飞蛾此时已经回心转意了。它不顾一切地飞回到了您的身边！请您原谅它这一次的错误吧，您可以把它的双翼烧成灰烬。"

突然间，豆大的雨水滴落在我的眉间。那天晚上，乌云全部来到了阿瓦利的群山之上。树林陷入了昏暗之中，河水也因为倒映着天空而变成了黑色。整座宫殿变得十分安静，安静得令人害怕。它们似乎在等待着暴风雨的降临。一瞬间，天空、河流和大地都剧烈地摇晃了起来。暴雨裹挟着大风怒吼着穿过了树林，像一个挣脱了锁链的疯子一样，毫不费力地闯进了那座破旧宫殿的大厅。很快，整个宫殿的房间门都在狂风的肆虐下不断撞击着墙壁，发出十分痛苦的呜咽。

今天晚上，仆人们都在办公室，因此没有人来这里点灯。被乌云遮住的夜空透不出一丝月光，在漆黑的房间里，我似乎感觉到有一个女人在地毯上趴着，她绝望地撕扯着自己的头发，鲜血慢慢地流到了她的脸上。她一会儿哈哈大笑，一会儿疯狂地号啕大哭。暴风雨从窗子那里窜了进来，很快就把她淋得全身湿透。

就这样，暴风雨的声音和她哀戚的哭声在宫殿里回荡了一整晚。我也被无尽的黑暗囚禁了，虽然我感受到了她心中极度的悲伤，但是我无能为力。我的身边没有人，那我应该去安慰谁呢？是谁在承受着这绝望的悲伤？这发自内心的强烈悲伤是经历了怎样的事情才产生的呢？

那个疯子——梅赫尔·阿里又开始大喊大叫起来："全部都退后！退后！这一切都是假的！全都是假的！"

我被他的叫喊声惊醒，这才发现天已经大亮了。

梅赫尔·阿里正站在暴风雨中像往常那样大喊大叫。我突然意识到，他可能曾经也住在这个宫殿，也曾经被这个宫殿的魔鬼施展的各种幻觉迷惑。因此即便他现在已经疯了，也会每天来这里四处查看。

我不顾狂风暴雨，径直冲向他问道："阿里，你刚刚喊的是什么？什么是假的？"

他没有回答我的问题，只是一把把我推开，就像是魔鬼的傀儡一样，在宫殿四周不停地游荡。他不断地吼着："幻觉！都滚开！这些都是假的！全都是假的！"他那癫狂又刺耳的声音一直回荡在宫殿里。

我像一个疯子一样冲到瓢泼大雨中，一路跑到了办公室问卡里姆·汗："你把那个宫殿有关的一切都告诉我。"

这个老员工告诉我："在历史上的某个时期，这座宫殿里燃起了欲望的火焰，人们沉浸在享乐和欲壑难填的状态之中。那些欲望一直没有实现的人发出了恶毒的诅咒，他们因为绝望而产生的仇恨浸染了宫殿里的每一根石柱，这些石柱也变得饥渴、贪婪起来。一旦有人靠近这座宫殿，这些石柱就会化身为一个饥饿的妖魔，慢慢地把他吞噬。

到现在为止，还没有人能够逃脱这座宫殿的魔爪，除了那个梅赫尔·阿里。不过，如你所见，他也付出了巨大的代价——他变成了一个疯子。从那之后，就再也没有人可以逃脱这些石柱的吞噬了。"

我接着问道："那我现在岂不是也没有办法逃脱了？"

卡里姆·汗说："现在只有一个办法，不过这个办法很少有人能够做到。我先跟你讲一个波斯女人的故事吧，她曾经在这座宫殿的花园里当仆人。这个世界上应该没有什么故事比她的故事更加令人感到惊奇和悲伤了……"

这时，火车站的苦力工打断了我们在候车室的对话，他说火车马上就进站了，那位新朋友所讲的神秘故事因此戛然而止。

怎么这么快就来了？我听到了火车的鸣笛声，于是赶紧打包行李。

火车上有一位来自英国的绅士，他睁开蒙眬的睡眼，从一等车厢朝这边看过来，想要看清车站的名字。

他看到我们新交的朋友后，便大声地与他打招呼，随即邀请他去了一等车厢。

我们则进入了二等车厢。就这样，我再也没有机会听到故事的结局了。

我对身边的亲戚说："那个人肯定是骗我们的，他就是拿我们取乐的。"

我那个十分笃信神学的亲戚却不认同我的观点，他甚至为此与我争论起来。最终，我们不欢而散。

童话新语

仙人的世界

如果有一天，某个人想要踏上寻找传说中国王宫殿的旅程，那么他就会发现，那座宫殿已经不知何时就悄无声息地消失了。

相传，那座宫殿的墙壁像雪一般洁白，屋顶像黄金一般闪亮。

王后居住在有七个庭院的宫苑里，她身上装饰的珍贵珠宝与七个国王的所有财富价值相当。

这个时候，你肯定会问，国王的宫殿在哪里呢？亲爱的，让我附在你的耳旁，悄悄地讲给你听。

其实它就藏在那些我们不经意间看到的角落里，比如那摆放着杜尔茜花盆的阳台。

国王的公主则在遥远的七大洋以外安然沉睡。

在这个世界上，除了我以外，没有人能够找到公主的具体位置。

公主的手腕上装饰着精美的手镯，耳朵上点缀着晶莹透亮的珍珠，乌黑亮丽的头发披散开来，一直垂到了地面。

我只要拿着我的魔杖轻轻地碰一下公主，她便会微笑着醒过来，你会发现，她微笑的时候，那嘴唇如同红宝石一般鲜艳美丽。

现在，公主就居住在我们家阳台的那个角落里，亲爱的，如果你细心观察的话，就会发现那放着杜尔茜花盆的地方有她的踪影。

在你去河边沐浴的那条必经之路上，在我们屋顶阳台的那个角落里，你都能找到她。

而此刻的我，正在墙角的阴影中安坐。

我的身边会有一只小猫陪伴着我，因为它知道那传说中的理发师身在何处。

亲爱的，你凑过来，让我悄悄地告诉你，那个传说中的理发师住在哪里。

其实他就住在我们家阳台的角落里，在那个摆放着杜尔茜花盆的地方。

花的学校

在一阵阵电闪雷鸣中，乌云从天空中款款走过，随之而来的还有六月里的一场雨。

湿润的东风在荒野中狂奔，翠绿的竹林中，一阵阵口哨声响起。

鲜花突然之间铺满了地面，在大地之上和着风快乐地舞蹈。

我猜，那些花儿肯定都在地下的学校中。

平时它们都被闷在学校里面做作业，即便放学也不能出来快活地玩耍，因为一旦被老师抓到的话会被批评一通。

每当下雨的时候，就是它们假期来临的时刻。

树木的枝条相互拥抱着，绿色的树叶在风中快乐地唱着歌。

当乌云在雷声的陪伴之下款款走来的时候，花儿们就换上紫色、黄色和白色的衣服突然出现。

你知道吗？花儿们都是住在天上的，和星星们住在一起。

花儿们总是一副急匆匆的样子，好像是要赶到哪里去。你知道它们为什么会这么匆忙吗？

因为它们有自己的妈妈，就像我们也都有妈妈一样。所以它们都张开双臂匆匆忙忙地赶去远方，去找它们的妈妈。

小大人

我现在年纪还太小，因为现在的我还只是个孩子，等到我哪一天长得像父亲一样高大的时候，我就算成为大人了。

等到那个时候，老师走过来对我说："是时候了，你把石板和你的书都带来了吧。"

我就会对老师说："您难道不知道我现在已经和父亲一样高大了吗？"

既然如此，我便决定不再继续上学了。

老师对我的态度感到十分吃惊，他说："原来你已经和你的父亲一样都是大人了，那你就可以像他一样为自己是否上学而做决定了。"

我自己穿上了衣服，走到了人来人往的集市。

我的叔叔找到我说："孩子啊，你一个人在集市上可是会迷路的，让我带着你一起吧？"

我对叔叔说："叔叔，您难道没有看到吗？我现在已经和我的父亲一样高大了，我可以自己去集市的。"

叔叔感慨万分道："是啊，你已经和你父亲一样是个大人了，那你就可以像他一样为自己将要去哪儿做决定了。"

是时候给保姆结工钱了，我自己用钥匙打开了装钱的箱子，妈妈赶紧从浴室里走了出来。

她对我说："你这个调皮的孩子想要干什么？"

我对妈妈说："妈妈，您难道没有看到我现在已经长得和爸爸一样高大了吗？我可以自己给保姆付工钱了。"

妈妈感叹道："是啊，你已经和你父亲一样是个大人了，那你就可以像他一样为向谁付钱而做决定了。"

十月的假期来临了，爸爸得以回家。在他的印象中，我依旧是一个小孩子，所以他从城里给我带回了一些小鞋子和小衣服。

我对爸爸说："爸爸，这些东西现在已经不适合我了，把它们送给哥哥吧，因为现在的我已经和您一样高大了。"

爸爸想了想对我说："原来你已经是个大人了，那你现在就可以为自己喜欢穿什么衣服而做决定了。"

英　雄

亲爱的妈妈，请您想象一下，如果我们现在正在进行一场旅行，旅途当中将会经过一处充满危险的地方。

此时，您正在轿子里坐着，我则骑着一匹大红马随侍在您的身旁。

黄昏降临，太阳缓缓西垂。

此时在我们眼前的就是名为约拉地希的荒野。抬眼一望，这里被阴暗笼罩着，四处都弥漫着一种荒凉凄清的氛围。

这样的环境让您忧虑起来，您紧张地问我："我们这是到了哪里？"

我回以一个安心的微笑，对您说："妈妈，不用担心。"

这片荒原中的草像针尖一般刺出地面，狭窄曲折的小路向前方一路延伸。

这片无边无垠的荒原之中，我们连一头牛也看不到。我猜，它们可能早就回到村子里去了。

这个时候，夜幕已经完全笼罩了大地，四周的地面和天空都被黑沉沉的暮霭包围了，我们此刻似乎已经不知道该往哪里去了。

您突然把我叫到了身前，对我说："你看，河岸边上有隐隐的火光。"

话音未落，一阵刺耳的吼声便从河岸传了过来，在黑暗中，似乎有一群人正朝我们的方向赶来。

您被这样的阵势吓到了，整个人蜷缩了起来，开始向神灵祈祷。

抬轿子的轿夫看到向我们奔来的人群也吓得瑟瑟发抖，赶紧丢下了我们，跑到附近的荆棘丛里藏起来了。

我对您说道："妈妈，不用担心，我一直都在您的身边。"

那些人的手里拿着长长的棍棒，披散着头发来到我们面前。

我对着那些人厉声喝道："你们这些粗鲁的恶人，小心点儿，别再往前靠近，否则你们将小命不保。"

他们完全忽视了我的呵斥，大叫着朝这边冲了过来。

您紧紧地抓着我的手说道："好孩子，回避一下吧，相信有天神的庇佑，我们会没事的。"

我回答道："没事的，妈妈，一切都交给我吧。"

我身下骑着大红马朝着人群奔去，我手中的剑和盾牌与他们手中的棍棒碰撞在一起，发出了尖锐而清脆的响声。

这场战斗真可谓轰轰烈烈啊！我的妈妈，如果您伸头向外看，一定会被这样的场面吓得胆战心惊。

我把大部分的人都打跑了，剩下的一些人也被我当场消灭了。

我猜，那个时候，您独自坐在轿子中肯定非常担心，您的脑海中肯定满是关于您的孩子是否战死的忧虑。

虽然我满身是血，但是我安然无恙地回到了您的身边，我轻轻地对您说："妈妈，他们都被我打败了。"

您从轿子里走了出来，激动地搂着我，一边轻吻我，一边轻声说："这样的局面让我不知所措，还好有你在，我亲爱的孩子，有你保护我。"

其实在我的身边，每天都会发生成千上万件平平无奇的事件，但是今天，这样的事件却突然降临到了我的身上。

感觉就像是经历了书里的故事一样。

就连我的哥哥在得知了这件事情以后都惊讶地说道："怎么可能呢？在我的印象里，我的弟弟一直都是那么的柔弱。"

村子里的人知道了这件事情以后，都感到非常惊讶："这孩子能够护送着自己的妈妈平安归来，简直就是莫大的运气啊！"

旅　伴

这个世界上，总有一些容貌丑陋的人。我有一个旅伴，他的容貌与这些人相比，有过之而无不及。在他身上发生过的一个故事，至今让我唏嘘不已。

他年纪轻轻，却早已经秃顶了，头上剩下的那几根头发也不知是何缘故，变得花白；他的眼睛非常小，甚至连睫毛都没有；鼻子又出奇的大，几乎占据了脸庞一半的位置；宽宽的额头连着光秃秃的左鬓，右眼上甚至连眉毛都不愿意停留。总的来说，他的这张脸就像是造物主在非常仓促的情况下赶制出来的一样。

我和这个旅伴是在一次出海中相识的，他这个人除了相貌与众不同外，还有着特立独行的性格。

比如他看到有人不小心遗落在餐桌上的暗扣，他会马上捡起来并钉在自己的那件西服上，这样的举动引得周围的几个女旅客在一旁偷偷发笑。如果看到有人把捆包裹的绳子丢在地上，他会把这些绳子盘好收起来，甚至把那些被别人丢弃的报纸也捡起来折叠好，摆放在桌子上。

他在吃饭的时候也表现得非常细致认真，口袋里随时都装着一瓶粉末状的开胃药，每次吃饭之前他会先吃药，然后再细嚼慢咽地吃饭。吃完饭后，他又会吃一颗帮助消化的药丸。

他有一点儿口吃，平日也不怎么说话，因为他只要一开口，就会让人觉得他有点傻。每当有人在他面前议论政治性问题的时候，他也总是默默地听着，让人完全没有办法从他的脸上判断出他是否听懂了。

我和这个人一起在船上待了一周的时间。在这个过程中，我发现不知道是什么原因，有些旅客很不喜欢他。他们跟他开玩笑的时候总是肆无忌惮，还会通过一些夸张的漫画来讽刺他，甚至把他当作娱乐的谈资。这些旅客每天都乐此不疲地搜集一些新的词语来形容他，似乎把他当作了一件可以附加无限想象力的物品，任何荒诞的评论都可以用在他身上，仿佛这样说能够弥补一下造物主创造他的遗憾一样，他们以为对这个人的嘲讽完全就是真理。

当然，他古怪的性格也让人们对他议论纷纷，有人说他是一位股票经纪人，有人猜测他是某橡胶公司的总经理。人们对这些猜测有着极大的兴趣，甚至有人为此开设了赌局。另外的一部分人对他充满戒备，觉得应该疏远他。不过，不管外界如何，他本人对此倒是漠不关心。

每当旅客们聚集在吸烟室打牌的时候，他会独自一个人坐到一边，对这些赌徒不屑一顾。于是这些人就会暗暗地咒骂他。

不过，船上的水手们倒是和他相处得很融洽。但是他和水手之间互相语言不通，他那类似于荷兰语的语言，水手们完全听不懂，水手们说的话他也无法理解。

每天早晨，水手们用水冲洗甲板的时候，他会热心地帮忙清理。他笨拙的动作总能引得水手们哈哈大笑，不过这样的笑是十分友好的。

有个瘦弱的年轻水手，皮肤很黑，但是眼睛总是炯炯有神。我看到这个旅伴常常会拿一些新鲜的水果和收集的画报送给这个水手，这样的行为在别人看来是给欧洲人丢脸的，因此欧洲人对他感到十分不满。

客轮到达新加坡的港湾时，他给每个水手发了 10 美元，还有一些烟，那个年轻的水手还额外得到了他的一根镀金手杖。

随后他告别了船长和船员，匆匆离开了。

后来，那些打牌的人在得知了他的真实姓名之后，都感到十分震惊。

玩具的自由

在穆尼小姐的卧室里有一个名叫哈桑娜的木偶玩具，这个玩具来自日本。它穿着一身豆绿色的日本裙子，上面绣了一些金花。穆尼小姐给哈桑娜安排的新郎来自英国的某个商场，不知道是哪个时代的王子，身上有一柄佩剑，王冠上还有一根羽毛。

傍晚，房间里的灯开了。此时哈桑娜正躺在床上，突然，窗外飞来了一只蝙蝠，蝙蝠在房间里飞来飞去，投射在地上的影子也跑来跑去。

哈桑娜开口对蝙蝠说："亲爱的朋友，请你带我去找云彩玩耍吧。虽然我只是个木偶，但也向往去天国度假游玩。"于是，蝙蝠带上哈桑娜从窗口飞了出去。

穆尼小姐走进房间的时候，发现哈桑娜不见了，急得大喊："哈桑娜！哈桑娜！你到哪里去了？"屋外的一只名叫邦伽摩的神鸟说："她跟蝙蝠走了。"

"神鸟啊！"穆尼小姐恳求道，"请您带我去找哈桑娜吧！"神鸟展开翅膀带着穆尼小姐趁着夜色出发了。早上，他们到达了云彩居住的地方——摩罗山上的一个村寨。穆尼小姐大声呼叫着："哈桑娜！你在哪里？我来接你回家去做游戏了。"一朵白云飘来对她说道："你们人类哪里懂得什么游戏，你们只会把哈桑娜束缚起来，让它变成一个游戏的工具。"

穆尼小姐问："那你们的游戏是什么样子的呢？"

一朵黑云带着雷电的轰鸣声，大笑着飘过来说："你看，它可以有无数片分身，还能变幻出各种各样的色彩，随着清风和霞光，可以到达任何地方，变成任何形状玩耍。"

但是穆尼小姐完全不关心这些云朵的游戏，她焦急地对神鸟说：

"神鸟，我在家里已经给哈桑娜准备好婚礼了，如果新郎没见到新娘的话，他会生气的。"

神鸟笑着说："那让蝙蝠把新郎也接过来吧，让他们在这里举行婚礼。"

"可是如果哈桑娜不回去，人间就再也没有快乐的游戏了。"穆尼小姐伤心地哭了起来。

神鸟说："穆尼小姐，每当黑夜离去、黎明来临的时候，那些被夜雨冲刷过的花瓣上就能够找到游戏留下的痕迹，只是你还没有发现而已。"

染衣女

在一个美丽的王国里，有一个名叫桑格尔的男人，他知识渊博，他的辩论本领在整个王国中都非常有名。他的思维就像雄鹰的目光一样敏锐，能够像闪电一样迅速地击中对方言论的要害，进而让对方哑口无言。

在南印度地区也有一个名叫桑格尔的人，他非常仰慕这个同名同姓的人，于是不远万里来寻找他，请求与他进行一场辩论。辩论的现场就在王宫里，胜利的那一方将会得到国王的赏赐。

桑格尔接受了他的邀请，这个时候他发现自己的头巾脏了。于是连忙赶到查希姆的染衣坊中清洗。那个染衣坊在一个被篱笆围起来的菜地边上。坊主有一个十七岁的女儿名叫阿米娜,此时,她正在一边唱歌一边研磨染料。她的头上扎着一根红头绳,披着棕色披肩,身上穿着一件天蓝色的沙丽。

正当她把调配好的染料交给她的父亲时,桑格尔出现了。他说:"查希姆,我将要在国王面前展开一场辩论,请你帮我把头巾清洗干净,再把它染成金黄色。"说完他取下头巾,匆忙离开了。

清澈的水顺着水渠缓缓地流淌进菜地,而阿米娜此时正在水渠边的桑树下清洗着桑格尔的头巾。春日的阳光把水渠照得波光粼粼,斑鸠站在远处的芒果树上欢乐地鸣唱。阿米娜把洗好的头巾铺在草地上晾晒,突然,她发现头巾上绣着这样的一行字:我的额头上有你爱抚的印迹。阿米娜被这句话触动了,坐在草地上陷入了沉思,连远处芒果树上那只斑鸠的鸣唱都听不见了。

过了一会儿,她从染衣坊里找来了丝线,在头巾上留下了这样一句话:但内心却感受不到爱抚。后来,头巾被桑格尔拿走了。过了两天,桑格尔带着他的头巾再次回到了染衣坊,问道:"是谁在我的头巾上绣上了这些话?"查希姆连忙道歉:"请原谅,先生,是我女儿。请您宽恕她无知、轻率的行为。您还是先去参加王宫的辩论吧,我相信,即便有人看见了,他也不会知道那句话是什么意思。"

桑格尔却转头对阿米娜说:"染衣女,你让爱抚的痕迹从我傲慢的额头上远离了,它已经顺着你的丝线来到了我的内心。我不会去往王宫,今后也再不会去了。"

不同的童年

　　希罗娜阿姨此刻正在厨房里欢快地忙碌着，她是个勤快的人。那里的人们经常可以看到她带着两个铜制的罐子去池塘边打水。那个池塘离她的厨房只有短短的几米，池塘边还有用石块铺成的台阶。

　　希罗娜有一个外甥，他的母亲很早就过世了，因此这个孩子再没人管。他整天光着身子跑来跑去，从来听不进别人的话，只知道瞎捣乱，好像他才是那个池塘的主人。他最喜欢做的事情就是跳进池塘里去游泳，浮在水面、对着天空喷出自己嘴里的水。无聊的时候就在池塘边的台阶上向水里投掷瓦片，看着瓦片漂过水面，他的心情就会变好。有时候，他会找来一根竹竿在池塘边假装钓鱼。他还老是爬到树上摘那些黑黑的浆果吃，不过被他丢弃浪费的占大多数。

　　听人说，那个池塘的主人其实是一个身材肥胖的秃顶地主，他每天都会在上午十点的时候准时去池塘里洗澡，在下水之前，他会在身上涂满油，然后跳到池塘里。不大一会儿，他便会从水里出来，走回岸边进行祈祷，仿佛在庆幸自己没有溺水。不过好像他最近在忙于跟人打官司，所以虽然田契上写着池塘归属于他，但是他无暇顾及这里。

　　树林、沼泽、沉船、荒地，还有那棵罗望子树似乎都成了希罗娜外甥的领地。那里的人去池塘洗衣服的时候，他们通常会把驴子拴在附近的果园里。这个时候，希罗娜的外甥会偷偷钻到果园里，然后迅速骑上驴子，驱赶着它沿路飞跑，他那得意的样子仿佛他骑着的是一匹真正的战马一样。这里的驴子每天都要做很多农活，但是他却无所事事，总是骑着驴子到处跑，就好像这头驴子已经归他了。

所有的父母都希望自己的孩子能够用功读书，将来功成名就。所以希罗娜也把外甥送到了学校，可是逃课对他来说已经成为家常便饭。负责任的老师每次都会派一个同学把他从驴背上拽下来，拉着他穿过树林，拖进教室里继续上课。但对他来说，上学、做功课才是这个世界上最无聊的事情，他喜欢的地方是集市、野外、河边……可是，现在他被困在了教室里，不得不做功课。

我也曾经和他一般年少过，那些河流、田野和天空似乎都是上帝专门为我创造的杰作，但是我还没来得及充分享受，它们就失去了价值。

我居住在一座年代久远的小楼的角落里，平时基本没有机会出去玩。每天我都能够从阳台上看到楼下的佣人们哼着曲儿制作枸杞酱汁，还经常把手上的红色酱汁抹在墙上。

楼上铺着平滑明亮的大理石地板，百叶窗上方挂着漂亮的窗帘。楼下不远的地方是一条通往池塘的石阶，墙边有一排椰子树。池塘的东边有一棵茂盛的老榕树，就像是一个披头散发的人一样静静地杵在池塘边。

每天早上我都能看到附近的人来池塘里洗澡。下午的时候，一群鸭子在洒满阳光的池塘里快活地畅游，还时不时地梳理着羽毛。

时光就这样慢慢流逝，而我却只能被禁锢在这座小楼里，眼巴巴地看着外面的一切。

老鹰在外面的天空中自由地翱翔。我想，站在它的角度应该能够看到更多的美景吧。街上传来了一阵敲击铜盘和吆喝混杂的声音，我不看都知道是那个老布贩子正在街上叫卖。在那嘈杂的人声中，来自恒河的水静静地注入楼下的池塘。

在这片广阔的天地中，孩子天生就是主宰，而我从生下来就很贫穷，没有去外面玩耍的自由，只能在心底默默地向往这片天地。池塘在阳光的照耀下波光粼粼，榕树撑开了它的大伞，洒下一片阴凉，椰子树的枝条在风中自由地摆动。此时，我却只能在这方小小的阳台上独自玩耍。

四周都是林立的高楼，我能看到的只有一片小小的天空，这片天空就像一张面无表情的脸，每天与我对视。而这张脸背后却是涌动的暗潮，风云总是在不经意间变色。那翻滚的乌云像一头怒目圆睁、蠢蠢欲动的狮子，从榕树上空扑过来，池塘里的水都被吓得颤抖了起来。

在这狂风和树林当中，暗藏着一个小孩子对自由生活的无限向往。那是一片从东方飘来的云彩，它飞到这里和我做伴。

暴雨毫无征兆地倾泻下来，雨势越来越大，池塘边的石阶很快就被水淹没了。此时我正在床上睡觉，一股草木的气息从窗口飘进来，把我唤醒了。我起身来到了窗户跟前，看着外面的大雨，雨水已经漫到了庭院，没过了膝盖，屋檐上的水还在不停地向下倾泻。

早上，当我再次来到房子南边的窗户张望时，池塘已经完全被水没过了，小小的池塘没办法容下那么多水，全都溢了出来，流进了果园里，苹果树现在被淹得只露了个头。

在附近居住的人们兴奋得大叫着跑到外面来，拿着自己的披肩和毛巾，快乐地在水里捉鱼。

一直到昨天，我还和这池塘一般，都被压制着。池塘的水面上是榕树那杂乱无章的倒影，天空中不断奔走的流云只在水面短暂地停留。阳光透过繁茂的榕树枝叶照在水面上，像无数的金子被投射在池塘中一般。但如果我细看，就会发现原来是池塘饱含泪水的眼睛在仰望着天空。

今天的池塘获得了自由，就像一个志在四方的僧侣，终于离开了自己原来的地方。但是我依旧被困在一方小小的天地中，眼巴巴地看着我的哥哥们划着池塘边的木船，从池塘划到了小巷子里，又划到了大街上，最后消失不见。我的心也随着他们的木船飘向了远方。

黑夜很快代替了白天。

天上的云彩和黄昏的天空完全融合在一起，最后连池塘里榕树的影子也被吞噬了。

路灯亮了起来，昏暗的灯光打在路面上，路上一个人影也没有。家里点起的灯火在玻璃罩里面欢乐地跳动。从窗外那些黑乎乎的背景中隐约还能看到椰子树的枝叶，它们像幽灵一样在窗外招手。住在巷子两边的人家都关上了门，星星点点的灯光从窗户的缝隙中透了出来，像一只只充满倦意的眼睛。

不知不觉，万物都陷入了沉睡。

夜深了，周围安静极了，偶尔能听到打更人的脚步声。

每当雨季来临的时候，我的内心都感到无比爽快，雨点落在地面奏起乐章，我的心也情不自禁地唱起歌来。

娑罗树在窃窃私语，棕榈树欢乐地拍打着它的手掌，竹子摆动起它们绿色的腰肢，七叶树和豆蔻树则下起了花瓣雨。

现在的小孩子们也在风筝线上涂抹了特制的胶水，和我小时候一样。

他们内心想要的自由自在，大概只有他们自己知道吧。

山茶花

　　我偶然遇到了一个女孩子，她的名字叫喀梅拉，我是在她的练习本上看到这名字的。彼时她正带着弟弟乘坐电车，看样子是正准备去学校。

　　我坐在她的后面，刚好可以看到她手里抱着的教科书和练习本，她有及肩的长发，阳光正打在她白皙的脸上，她看起来美丽极了。

　　为了能够和她多待一会儿，我到目的地了也没有下车，直到目送她下车后才下了车。

　　从那以后，我把自己每天出门的时间调整了一下。我猜到了这个女孩的上学时间，改变了自己上班的时间，这样我就能够经常在电车上"偶遇"她了。每次我都坐在她的身后，我觉得这样可以免去因唐突带来的尴尬，还可以静静地欣赏她。

　　我想，虽然我现在还不知道她叫什么名字，但是现在已经可以称之为同路人了。这个女孩浑身上下都散发着一股智慧的气息。她额头上的头发紧紧贴着头顶，没有刘海垂下来，也正因如此，我能够清晰地看到她眼中的神采。那双眼睛中的光芒是那么的纯洁，我想我是永远欣赏不够的。

　　渐渐地，我开始抱怨这个平静的世界了。为什么不发生一点儿意

外呢？这样我就可以勇敢地挺身而出，上演一幕英雄救美了！或许街上可以发生一点儿混乱，或者出现几个横行的歹徒，毕竟这样的事情实在太普遍了，但为什么我的身边没有呢？

无论我是抱怨还是祈祷，生活还是那么平静，像一潭死水那样平静，一点点涟漪都没有。日子就这样一天天过去了，它像一只蠢蠢欲动的青蛙，没有鲨鱼、鳄鱼光顾，也没有高贵的天鹅在此停留。

一天，我们乘坐的那趟电车上挤满了人，车厢内的空气变得十分污浊。我看到喀梅拉身边坐了一个年轻人，他说着一口孟加拉语，时不时地还夹着几句英语。一见到他那样子，我就产生了一种想要站起来、一把抓下他的帽子，然后把他提起来丢出车外的冲动。可是我实在找不出什么合理的借口，只能控制住自己颤抖的双手。

这个时候，那个年轻人拿出了一根粗雪茄，点火抽了起来。感谢幸运女神给我赐福，我终于找到机会收拾他了。我腾地一下站起来，走到那个年轻人身边，对他说："请立刻把你的烟灭掉！"可是他置若罔闻，完全没有把我放在眼里，嘴里甚至还在抽着雪茄，吞云吐雾。周围的乘客只是漠然地做着旁观者，完全没有要出来帮忙的意思。

我不介意这些乘客的反应，因为我要的就是这种英雄救美出风头的效果。我伸出手，一下子把年轻人嘴里的雪茄抢了过来，毫不犹豫地扔到了窗外。接着，我紧握双手，双眼死死地瞪着他。他注视了我半天，但是什么都没说，然后转身下车了。我想他大概知道了我是个不好惹的，我在足球场上可是非常勇猛，可惜他看不到。

喀梅拉此刻却脸色通红，把头埋进了书里，手止不住地颤抖，完全没有看我这个见义勇为的勇士。车上的几个很有正义感的乘客倒是对我的行为表示了赞赏。喀梅拉全程都没有什么反应，我感觉有些尴尬，只好故作镇定地回到了自己的座位上。

过了一会儿，喀梅拉还没有到站就下车了，我看到她打了一辆出租车离开了。后面的两天，我就再也没有在车上见到她。

我再次见到她的时候，她正在一辆黄包车上坐着。这个时候我才意识到，我当时在公交车上的行为实在是过于鲁莽了。人家原本能够自己处理这些情况，完全不需要我来插手。我的生活又恢复了平静，像一潭死水那样，那所谓的英雄举动，现在看起来是多么可笑。我开始胡思乱想起来，陷入了自我折磨的状态。

我决定找机会弥补我的错误。没过多久，我就等来了一个机会，我打听到他们一家人准备去大吉岭避暑。我想，我也应该出去呼吸一下新鲜空气了，于是我也打算去大吉岭。

喀梅拉家在大吉岭有一栋大别墅，坐落在一片树林里。在那里能看到远处高山上的白雪。

当我到达大吉岭的时候，我才知道他们一家又取消了计划。于是我准备马上回去，这时候我偶遇了一位球迷，他的名字叫汉拉尔。他整个人看起来很斯文，身材高高瘦瘦的，鼻梁上还戴着一副眼镜，在和他交谈的时候我了解到，因为他的消化系统不太好，所以他来到了这里进行自然诊疗，他觉得或许大吉岭的新鲜空气能给他带来一些好处。一直到最后，他终于说出了他的真实目的："我的妹妹非常希望可以见到你，她的名字叫泰努喀。"

虽然我对汉拉尔的妹妹一点儿都不感兴趣，但是我不忍心拒绝我的这位球迷。就这样，我见到了那个名叫泰努喀的姑娘，她整个人看起来比她的哥哥更加瘦弱，但是从她的眼睛里，我看出来她非常仰慕我这个年轻的足球名将，这让我不由地感到有些欣慰。她觉得，我能够同意来见她并且和她聊天，就是默认了我对待她还是有些特殊的。

唉，这简直就是天意弄人！

在我准备和他们告别并下山的时候，泰努喀暗示我："我想要给你一件礼物———一盆能够让你时刻想起我的花。"

我感到莫名其妙，于是用沉默的方式表达了我的反感。

"这盆花可是相当名贵的，"泰努喀解释道，"至少在恒河平原想要培育出这盆花是很不容易的。"

"什么花？"

"山茶花。"

我有些震惊，心里一下子跳出了一个和山茶花发音非常相似的词语，这个词语就像一声惊雷，把我阴沉封闭的内心劈开了。我微笑了一下，并自言自语道："山茶花，你的心可是没有那么容易得到的啊！"

我不清楚泰努喀在听到我这句话之后心里是怎么想的，反正她听到之后马上就羞红了脸，甚至兴奋得全身都颤抖起来。我没有想太多，只是收下了这盆山茶花，心里想着，等它开花了，我就把它送给喀梅拉。

于是，这盆花成了我归程中的"旅伴"，在火车上，我想找一个比较安全的位置安顿它，但是我发现，要保证我的这个"旅伴"安然无恙可真是一件很不容易的事情。最后，我不得不把花藏在包厢的盥洗室里才放心。

这趟去大吉岭的旅行就这样草草地结束了，我又过上了那一潭死水一样平静的生活，日子又像那蠢蠢欲动的青蛙……

一直到祭神节假期来临，又一件令人尴尬的事情发生了。那是在绍塔尔族居民的聚集地——一个非常偏远的山区。这个山区的名字我甚至都不想提及，我想，但凡是个体面的人，都不会想要来这里的。

喀梅拉的舅舅是这里的居民，他是一位铁路工程师，他的家在一个叫"松鼠"的村庄里，那个村庄前面还有一片娑罗树。

村子周围的沙地里渗着山泉水，野蚕茧像一个个白色的小灯笼挂在树上，绍塔尔族的牧童们光着身子，骑着水牛，悠闲地走来走去。

这个地方没有专门供人留宿的旅馆，我只好在河边搭了个帐篷，唯一陪伴我的只有那盆山茶花。

喀梅拉和她的母亲也来了这个村子，在太阳还没有出来的时候，她们就撑着伞在那片娑罗树林里散步。早晨丝丝清凉的风轻轻地抚摸着她的脸庞，野花们纷纷为她的美貌所倾倒，但是她的眼里却没有这些。过了没多久，她就蹚过那条清澈的小河，到河对岸的一棵树下看书去了。

她连一个余光都不屑于给我，但是我知道她已经察觉到我的存在了。

我看到她正在小河边野餐，便很想走过去跟她说："我能为你做点儿什么吗？打水、砍柴我都能做，在周边的森林里，说不定还会遇到性情温和的狗熊。"

突然，我注意到一个穿着产自英国的丝绸衬衫的年轻人，他坐在那里把腿伸得直直的，嘴上叼着一根哈瓦那雪茄。喀梅拉就坐在这个年轻人身边。

我突然觉得我出现在这里简直就是多余，并且我的这种多余已经到了让她无法容忍的地步。她自始至终都在回避我，我早该意识到这一点并且离开了。但是我还有点儿不死心，我想在这里再待一段时间，等那盆山茶花开了的时候，我再叫人帮我送过去，了却我的一桩心愿。

在这段时间里，我每天白天出去打猎，傍晚给山茶花浇水，细心地观察山茶花的变化。

终于，我等到了这一刻，我激动地把那个帮我准备柴火的绍塔尔族姑娘叫了过来，想让她帮我把山茶花用娑罗树叶包起来，再送给喀梅拉。

我拿起一本侦探小说看了起来，等着那个姑娘过来，但是她并没有走进我的帐篷，只是站在外面用她温和的声音问我："先生，您找我有什么事吗？"我来到帐篷外面，看见她的头上别着一朵山茶花。这朵山茶花衬得她黝黑的脸神采奕奕。我一下子惊住了。

她又开口问："先生，你找我有什么事情吗？"

"我只是想看看你戴上山茶花的样子。"说完，我立马收拾行囊，离开了这个让我感到难堪的地方。

一个古老的小故事

又想听我讲故事了吗？可是我再也讲不了啦，我现在实在太疲惫了，并且已经到了江郎才尽的地步了，请让我休息一下吧。

我说不清，到底是谁让我处在这样尴尬的境地。我实在不明白，为什么你们总是这样围着我，并且用那样期待的口吻鼓励我。或许这是你们天性使然，也可能是你们对我有一些偏爱，并且想尽办法来保持这份偏爱。

但是，你们这样不容拒绝地、含糊不清地交给我这么多工作，我实在难以胜任。要说到能力问题，我这个人可从来不会妄自菲薄，当然，也绝不会恃才傲物。在我看来，上苍所塑造的我就是这样一个完全不通人性的生灵，完全没有让我具备适应人们赞扬和夸奖的气质。

上苍在造人的时候，遵守了这样一个信条：如果你想要洁身自好，就应该去那些杳无人烟的地方生活。我的内心深处也在渴望这样一个地方，那是一个人迹罕至的世外桃源。但是，或许是造化弄人吧，我被安排到了这样一个熙熙攘攘的城市社会里。现在上苍估计在捂着脸偷笑吧，我也想嘲笑它一下，但是，我完全做不到。

我不觉得一味地逃避是可行的，在军队里面我就经常能看到这样的人，他们的内心热爱和平，反对战争。但是不知道他们是自己脑袋糊涂了，还是受到了别人的诱惑，一旦他们成为士兵，就总是想做一个临阵脱逃的人，尽管他们自己知道，这样做很不光彩。命运之神在安排一个人命运的时候，并不会深思熟虑地安排每一个人，但是一旦他做出了安排，人就只能服从，别无选择。如果你想到我这里来，那我很欢迎，但前提是要尊重我。如果你不想听从，那你尽可以自恃清高、唯我独尊。在这人世间，这样的情况我看到的实在太多了。因此，如果是一个很普通且不太高尚，甚至有些调皮的国王，他的士兵绝不会对他报以完全无条件的信赖。如果人过分地注重融入，那最终他也会一事无成。只有把欲望抛弃，再投入工作中的人，才会真正地得到赞赏。

如果你想要听我讲故事，那就来吧！不管是否能够满足你的好奇心，我总会讲点儿什么的。

不管有没有灵感，不管我是否劳累，把这些都抛诸脑后吧。

今天，我想起了一个很古老的小故事。虽然这个故事不是很精彩，但我想，你们肯定能够耐心地听我讲完。

在很久以前，有一条大河，在大河的两边生长着郁郁葱葱的森林，河岸边住着一只田鹬，森林中则住着一只啄木鸟。那个时候，森林和河里有丰盛的食物，所以，它们从来没感受到什么叫作饥饿。它们每天唯一做的事情就是把自己喂得脑满肠肥，颂扬一下大地的恩赐。剩下的时间就是在养育它们的土地上游来荡去，好不快活。

但是，日子一天天过去了，大地上的虫蛹也变得越来越稀少。

这个时候，生活在河边的田鹬对生活在树上的啄木鸟说："啄木鸟兄弟，现在很多人都以为我们生活的这片土地是年轻又肥沃的，但是在我看来它已经衰老贫瘠，甚至不堪入目了。"

"田鹬兄弟，"啄木鸟附和道，"我觉得你说得太对了，在外界的眼里，这里的森林简直生机勃勃，美丽迷人，但是在我看来，到处死气沉沉，不过是虚有其表罢了。"

为了验证它们所言非虚，田鹬跳到河边，用长长的嘴巴啄河里的污泥，以此来证明它口中的大地是那样的老朽。啄木鸟则是用它的嘴巴去啄一段坚硬的树干，试图用它的行动告诉人们，树木是如此的空虚。

这两只顽固不化的鸟儿，完全没有一点儿唱歌的天赋。因此，每当杜鹃在春天一遍一遍预报大地即将春暖花开的时候，云雀为森林的复苏而不断欢歌的时候，这两只饥饿的鸟只会不断牢骚抱怨。

你们可能并未发现故事中有哪些情节是可喜或者可悲的。其实，这个故事蕴含着深深的哲理。可悲之处是，不论大地对待万物是怎样的慷慨，森林是怎样的广阔茂盛，那渺小得微不足道的生灵，一旦没有办法找到食物，就会对哺育它的大地用最恶毒的语言肆意地中伤诽谤。可喜之处在于，尽管已经历经亿万年，这片大地依旧保持着年轻，森林依旧郁郁葱葱。如果要说有什么东西会消亡，那一定就是那两只心怀怨恨的小鸟了。不过，在它们消亡的时候，这个世界也不会有谁会想起它们。

喀布尔人

我的女儿米妮在五岁的时候，非常的活泼外向，好像每天都有好多话要说。但是，那并不是她一时的表现，而是向来如此。她一岁的时候就学会说话了，从那以后，她的那张小嘴基本就没有停止过讲话。她的妈妈不止一次地因为这个数落过她，但是不管她的妈妈怎么说，她从来没有想过收敛一下自己。

不过，作为父亲，我倒是觉得女儿这样挺好的。如果哪天她突然安静了下来，我反而会觉得她很反常。如果她安静地待很长一段时间，我甚至会感到非常不舒服。所以，我很喜欢和我的女儿聊天，她也喜欢和我说话，并且乐此不疲。每次跟我说话的时候，她的脸上总会因为欣喜而散发着光芒。

一天上午，我正在书桌前创作。米妮突然走到我身边对我说："爸爸，你看，那个看门人罗摩多亚把乌鸦叫作'老鸹'。他是不是什么都不懂啊？"

我正打算告诉她，其实在这个世界上，有很多的东西，不同的人对它们有不同的叫法，她却已经结束了这个话题，并且向我提出了一个新的问题："爸爸，博拉说，天上之所以会下雨是因为有一头大象在上面一直用它的鼻子喷水。看吧，他总是喜欢这样胡言乱语，糊弄小孩子，不管白天还是晚上，他都是这个样子的。"

我正想要跟她解释下雨的原因，她又问了我一个很奇怪的问题："爸爸，妈妈跟你到底是什么关系？"我在心里回答，她当然是这个世界上我最心爱的人了！可是我在嘴上却对她说："米妮，你去找博拉陪你玩儿吧，爸爸现在还有事要忙。"

米妮并没有按照我说的去做，她只是在我的书桌旁边坐了下来，然后开始用双手拍打着自己的膝盖，嘴里又喃喃自语地说起了绕口令。这个游戏是完全独属于她的，我没有再管她，而是把心思又转回到了小说创作上去。那本小说现在已经写到第十七章了，刚好写到，在一个漆黑的深夜，男主人公抱着女主人公从监狱高高的窗户上跳进了河里。突然，米妮不再玩她的游戏了。她跑到了窗户前面，指着对面的大街喊了起来："看！那里有一个喀布尔人！是喀布尔人！"

我抬起头朝着她手指的方向看去，一个身材高大的喀布尔人正好从我们门前经过，他的状态非常的萎靡，走起路来也是慢慢吞吞的。他身上穿着一件宽大的衣服，看起来很脏，显得整个人邋里邋遢的。他的头上裹着高高的头巾，肩上还扛着一个很大的口袋，他一只手扶着口袋，另一只手里拿着几盒葡萄干，正在沿街叫卖。

我不清楚我的女儿看到这样的一个喀布尔人，心里到底想的是什么，只是听到她兴奋地大声喊起来，但是我一看到这个背着大口袋的喀布尔人就马上意识到，今天将是自己的灾难日，我那小说的第十七章啊，今天是注定别想完成了。

米妮的高声呼叫最终引起了那个喀布尔人的注意。他微笑着朝我和我的女儿走来。米妮没有想到这个喀布尔人会朝她走过来，于是突然狂奔到自己的房间里，把自己藏了起来。我猜在她眼里可能认为这个喀布尔人的大口袋里背着几个和她一样的小孩子吧。

那个喀布尔人走到了我的跟前，向我微笑着打招呼，虽然我觉得把我小说里的男主人公和女主人公一直泡在河里，实在不道德，但是，既然遇到了这个小贩，总得意思一下买一点儿东西吧。

我向他买了一些东西，还跟他聊了起来。我们的话题一直从阿富汗人扯到了英国人，最后甚至还聊到了国家的政策。当他准备要离开的时候，好像突然想起了什么，他问我："先生，刚才那个叫我的小姑娘去哪里了呢？"

我觉得既然是米妮把这个喀布尔人喊来了，总得让他们见一面。于是我来到了房间耐心地向我的女儿解释了一下，这才让她消除了对这个陌生人的恐惧，来到了他的面前。米妮还是紧紧地挨着我，但好奇心使她不住地打量着这个喀布尔人，还有他背着的那个大大的口袋。喀布尔小贩一见到米妮就马上从自己的口袋里掏出一些果干来，递到了米妮面前，但是米妮不敢伸手去接。小贩的这一举动让米妮对他的警惕更高了，看样子米妮现在更怀疑他是个坏人了。因此，她靠我靠得更紧了。

喀布尔人看着米妮的举动只是笑了笑，没有说什么就离开了。这就是他们的第一次见面。

几天以后，我正准备出门时，突然看到米妮坐在门口的凳子上，她的身边还坐着那个喀布尔小贩，他们正在愉快地聊天。实际上，那个小贩只是一个听众，偶尔用他那不太流利的孟加拉语插两句话。但对米妮来说，在她这一生的经历中，这个小贩是她遇到的第一个如此耐心地听她讲话的人了。小贩满脸笑容，看着米妮滔滔不绝，她的衣角上还兜着一堆果干。我对喀布尔人说："请您不要再给她这么多东西了。"说完我就拿了一枚硬币给他，他也没有推辞，随手接过来就丢进了自己的口袋里。

等我回家的时候，才真正意识到我付出的那些钱，换来的是比它价值多出一倍的东西。当我看到米妮的妈妈手里拿着那个硬币的时候，我觉得这真是一件麻烦的事情。米妮的妈妈又开始数落她了："这钱是从哪里来的？"

"是那个喀布尔人给我的！"米妮天真地抬起头说。

"你怎么要陌生人的钱呢？"

"我没有，是他自己硬要给我的！"我从米妮的话里听出了一丝委屈。

还好，这个事情发生的时候，我回来了。我把米妮从困窘的环境中救了出来，经过我细心地询问才知道，米妮已经不是第一次和喀布尔人见面了。而且这个喀布尔人每次见到她，都会送许多果干来满足这个贪心的小姑娘。

没过多久，我的女儿就和喀布尔人很熟悉了。我也因此和这个喀布尔人熟悉起来，他的名字叫罗赫莫特。我经常看到他和米妮两个人在一起快乐地做游戏，或者说一些很开心的话题。

有一次，米妮问罗赫莫特："喀布尔人，你的大口袋里到底装的是些什么东西呀？"罗赫莫特笑着对她说："我的口袋里可有一头大象呢！"我觉得就算他的口袋里真有一头大象，那也不算是什么笑话，可是他们两个却因为这句普普通通的话笑得前仰后合。在一个萧瑟的秋日里，能够听到一个大人和一个小孩那样纯真和爽朗的笑声，真是令人感到温暖。

他们之间还有一些独属于他们的可爱对话，有一次罗赫莫特问米妮："小姑娘，你什么时候会去你的公公家里呢？"

在传统的孟加拉家庭里，像米妮这么大的小女孩一般都知道"去公公家"是什么意思，可是在我们家，米妮从来没有听说过这一类话题，所以在听到这个问题的时候，她思考了半天。不过，她不是那种轻易让自己被问住的人。于是她反问罗赫莫特："那你会去你的'公公家'吗？"

罗赫莫特挥舞着自己的手臂说："我会去，不过，我会把'公公'①揍一顿。"米妮并不知道公公的意思，她只是觉得这个公公要挨揍了，感觉很好笑，便开心地笑了起来。

在这样秋高气爽的日子里，我大多数的时间都是把自己关在一间小屋里。虽然在古代的这个时节，正是帝王们开疆扩土的好时候，不过对我来说，去外面简直就是一件很痛苦的事情，因为我就像一棵植物似的，喜欢有规律的、宅在家里的生活。

虽然长期闷在房间里，但是我的心却早已环游世界去了，一听到那些新奇的外国名胜，我的心就会立刻飞到那里去，好像已经看到那

---

① "公公"和"公公家"两个词在孟加拉语中有双关的意思，它们还分别指"警察"和"监狱"。

里的山水和人民，甚至可以感受到和他们一样的自由和快乐。每天上午，罗赫莫特在我的书桌前聊天的时候，我的心就一直处在神游的状态。罗赫莫特会向我描述他的家乡，我就会跟着他的话语，在眼前勾勒出这样一幅异国的美景：我站在那高不可攀的高山之上，夕阳仿佛就住在那里。在落日的一抹余晖中，骆驼队驮着货物蜿蜒地在山道上行走，骆驼队里有许多裹着头巾的商人以及和他们同行的旅伴。他们有的骑着骆驼，有的跟着骆驼步行，有的手里拿着长矛，有的手里拿着猎枪。

尽管罗赫莫特已经算得上我们家里的一个常客了，但是在米妮的母亲看来，还是要对这个喀布尔人有些许防备。她生来就是这样一个谨慎小心的人，即便只是街上传来一些闹哄哄的声音，她都会以为是有什么不法之徒在聚众闹事，甚至马上就会闯到自己的家里来。在她的眼里，她觉得这个世界上到处都是小偷、强盗、醉汉、毒蛇猛兽，还有疟疾、毛毛虫和蟑螂。尽管她已经在这个世界上生活了这么多年，但是这种担忧一直埋藏在她的心底。

她还总是提醒我，一定要注意那个喀布尔人。在我看来这简直就是杞人忧天，因此我对她的一些提醒总是一笑置之，可是她始终坚持自己的想法，持续不断地对我说："你难道没有听过小孩子被拐卖的那些事情吗？你知不知道，在喀布尔到现在都还有奴隶买卖市场。那个喀布尔人可是一个成年人，一个小姑娘和他在一起，难道不是很危险吗？"

虽然我也有点儿认同她所说的这些话，但是我的内心还是不愿意相信罗赫莫特是个坏人。我很想消除妻子心中的疑虑，并向她解释。但她从来没有把我的话听进去过，始终心存忧虑。但无论如何，我总不能无缘无故地让罗赫莫特不要接近我们家吧。

每年一月的时候，罗赫莫特要回到故乡看望家人。临走的时候，他会沿街去向住户们催要一些欠款。即便再忙，他都会抽出一些空来看望米妮。在别人眼中，还以为他们两个之间有一些神秘的关系呢。如果罗赫莫特上午没有来，那他下午一定会出现在我家门口。傍晚的时候，如果我发现罗赫莫特背着自己的大口袋站在屋子里，心里会有一些紧张。可是当我看到米妮笑眯眯地冲他喊着"喀布尔人！喀布尔人！"的时候，再看着这两人又像平时一样愉快相处时，我又觉得自己的紧张简直是太多余了。

一天早上，我正在书桌前看着稿件，那天天气有些冷，让人感觉到有一丝丝寒意。温暖的阳光射进了窗户，照在我的脚上，让我略微舒服了一点儿。

就在早起做生意的小贩们都开始顶着寒气回家的时候，我突然听到街上传来了一阵乱哄哄的声音。我朝着窗外看去，只见有两个警察正绑着罗赫莫特从街上走过。一群孩子跟在后面跑来跑去地瞎凑热闹，其中一个警察的手里还拿着一把带血的刀，我连忙起身来到门外询问警察发生了什么事。

大家还在七嘴八舌的议论，我仔细地询问了警察和罗赫莫特，才知道了事情的原委：原来是罗赫莫特的一位顾客欠钱赖账，罗赫莫特和他争吵了起来。他们越吵越厉害，罗赫莫特一时冲动，就用刀刺伤了那个人。

此刻，罗赫莫特嘴里还在痛斥着那个赖账的人。突然，米妮跑了过来，对他喊："喀布尔人！喀布尔人！"罗赫莫特瞬间就安静了下来，并且还冲她微笑起来，不过他现在的样子已经没有办法再和米妮开心地聊天了，所以他没有再说什么。

米妮突然问他："你现在是不是要去公公家里了？"罗赫莫特说："是的，我正好要去那里。"米妮听到这句话以后就没有再笑了。罗赫莫特扬了扬被铐着的双手对她说："放心吧，你看我现在双手都被铐住了，没有办法再揍公公了。"但是米妮依然没有笑，因为她似乎已经明白了去公公家并不是一件好事情。罗赫莫特就这样被警察带走了。

我把米妮带回了家，哄了很久，才让她渐渐忘记了这件事情。后来听说罗赫莫特因为故意伤害他人，被判了几年监禁。他就这样渐渐地被米妮和我遗忘了。我还是一如既往地，每天坐在书桌前，继续着我的创作。

真是时光飞逝啊，我们早把那个在监狱里受苦的喀布尔人抛诸脑后了，米妮也认识了很多新朋友，早就把自己的老朋友给忘记了，我有点儿不喜欢她这样喜新厌旧的行为。米妮一天天长大了，再也不跟男孩子们一起玩耍了，只是和一些要好的女孩子在一起。她也很少来书房找我了，渐渐地，她和我也疏远了起来。几年以后，在一个秋高气爽的日子里，米妮订婚了，她的婚礼预计定在最近的节日里。一想到我的宝贝女儿将离开我，到她的公公家里时，我突然感觉特别失落。

婚礼这天早上下了一场秋雨，空气被洗刷得很干净、清新，阳光好像也焕然一新，让整个城市变得色彩斑斓。天还没有亮的时候，我们家就奏起了喜庆的音乐，但是这音乐在我听来，就像那发自肺腑的痛哭声一般。喜庆的曲子，带着我的忧伤，混合着那明亮的阳光一直响彻云霄。就在今天，我的米妮要离开我，去她的公公家里了。

来帮忙的人在我家里进进出出地忙碌着，院子里搭起了待客的棚子。房间被装饰得非常喜庆，处处都充满了欢声笑语。

而我只是在自己的书房里翻着东西。突然，罗赫莫特走了进来，他向我问好，但是我一下子没有认出他是谁，因为他的模样已经发生了一些改变，高大的身材再也没有以前挺拔了，他也没有背着自己的大口袋。我最终通过他的笑容认出了他，我对他说："罗赫莫特，你什么时候来的，有什么事情吗？"

他却回答我说："我昨天晚上出狱了。"在这样的情况下，说出这样的话，让我觉得有点儿不合时宜，我竟然和一个伤害了自己同胞的人离得这么近。听到这样的话，再看到其他的人，我心里有些不高兴了。在我女儿大喜的日子里，如果他能够赶快离开的话，我觉得那才是万幸。

于是我对他说："今天我们家里有些事情你也看到了，你走吧。"他听到我这么说，毫不犹豫地就往门外走去，突然他又站住了对我说："我能不能再见一下米妮？"或许他的脑海里始终保留着米妮以前天真的模样，或许他希望米妮在见到他的时候还能亲昵地对他喊"喀布尔人！喀布尔人！"，又或许他希望还能和米妮像从前一样愉快地聊天。我注意到他手里拿着一小包纸包的果干，这或许是他们之间友谊的一种信物。我猜这包东西是他从他的那些同乡那里要来的，因为他的大口袋早就已经不见了。

"今天我们家里的确有非常重要的事情。"我对罗赫莫特说，"她现在什么人都见不了。"听到我的话以后，他变得非常失望，呆呆地站在那里，过了一会儿，用他那黯淡无神的目光看了我一眼，对我说了一句："先生，再见。"然后就离开了。

我突然觉得对他有一些歉意，正准备把他喊回来的时候。他自己又转身回来，走到了我跟前，把那包果干递给了我，说："请您帮我把这些果干交给她。"

我伸手接了过来，准备付给他钱，他却突然抓住了我的手，对我说："先生，请您不要付我钱，您是一个很好的人，我永远都不会忘记您。我到您家来，从来不是为了赚钱的，因为在我的家里也有一个像您女儿这样大的小女孩，每当我想念她的时候，就会带一些果干送给您的女儿。"

说完，他在他的衣兜里摸索了半天，掏出了一张又皱又脏的纸。他小心翼翼地把那张纸展开，我看到纸上有一个很小的手指印。眼前的一切有点儿出乎我的意料，这张纸不是照片，也不是什么图画，只有一个清晰的手指印。

原来，罗赫莫特经常在加尔各答做买卖，但是他一直怀揣着对女儿的记忆。那个手指印就是他女儿的，那小小的手指印就像女儿那双柔软的小手，轻轻地抚摸着他那颗因为背井离乡而忧愁的心。

看着这张纸上小小的手指印，我的眼眶顿时就红了。我忘记了我们之间的隔阂，虽然他只是一个来自喀布尔的小贩，而我是孟加拉的贵族，但是我们之间有一个共同点，那就是牵挂自己的女儿。

我马上叫人把米妮叫了过来。尽管很多亲朋好友都反对我这样做，但是我没有听从他们的建议。米妮穿着一身美丽的嫁衣来了，满面含羞地站在我面前。

当罗赫莫特看到这样的米妮的时候，我从他的眼里看到了明显的惊讶。他知道现在已经没有办法再和眼前的这个小姑娘谈笑风生了，于是他对着米妮说："小姑娘，你是不是要去你的公公家里了？"

米妮听到了他的话以后，脸马上就变红了，把身子转了过去。我想起了他们两个见面时的那些情景，心里突然就有一些悲伤。

两人沉默了一会儿后，米妮离开了。罗赫莫特叹息着，缓缓地坐在了地上，或许他想到了自己的女儿也可能到了这样的年纪。

在这秋日璀璨的阳光中，在这样喜庆的音乐声中，罗赫莫特却独自一人坐在加尔各答的一条不知名的小巷子里，想念着他那远在家乡的小女儿。我来到了他的身边，给了他一张支票，说："罗赫莫特，回家去吧！去看看你的女儿！希望你们父女能够在一起共享天伦之乐，这也会给我的米妮带来幸福。"

报答

大嫂说了很多话来侮辱拉什莫妮，还顺带着语言攻击了拉什莫妮的丈夫拉塔木孔德。她完全不顾及自己的形象了。在拉什莫妮眼里，这样的大嫂完全就是一个粗鄙恶毒的人。

拉塔木孔德知道这件事情后，他的反应却非常的平静，不但安安静静地把晚餐给吃了，甚至还很有兴致地抽起了烟，嘴里嚼着帮助他消化的枸酱叶。他把烟抽完后，又像往常一样睡觉去了。整个过程他都表现得十分从容。

但是，拉什莫妮始终没办法咽下这口气。整个晚上，她的行为都很反常，她的丈夫虽然看在眼里，却什么都没有说。就在睡觉之前，她终于忍无可忍，冲进卧室，看都没看自己的丈夫一眼就趴在床边哭了起来，哭得整个床铺都颤抖了起来。

拉塔木孔德还是什么话都没说，他甚至用枕头把自己的耳朵给堵住了。可是妻子的哭声实在吵得他难以入睡，他知道，妻子是因为他冷漠的态度才哭个不停，于是只好低声地对她说："我明天还要早起去办一件很重要的事情，现在应该睡觉了。"可是他的话并没有让拉什莫妮安静下来，她的泪水很快把全身都洇湿了。拉塔木孔德不解地问妻子："你到底为什么而哭泣呢？"

"你难道没有听见大嫂今天那些侮辱人的话吗？"拉什莫妮抽泣地说。

"就因为这个？可是大嫂说得没有错啊。我的确是靠着哥哥的帮助才长大的，你穿戴的那些衣物首饰也确实是用我哥哥的钱买的呀。我们既然接受了哥哥的帮助，为什么就不能像接受这些帮助一样接受大嫂的几句唠叨呢？"

"她的那些话能和吃穿相比吗？"

"但是我们的生活还要继续啊。"

"这样憋屈的生活有什么继续下去的意思，还不如死了算了。"

"可是现在不是还没死吗，你就让我在临死之前好好休息一下吧，你哭了这么久，是该消停一下了。"说完，拉塔木孔德转身沉沉地睡去了。

他们话里的哥哥，叫绍时布松。其实他不是拉塔木孔德的亲哥哥，他们甚至连亲戚都不是，只是同乡而已。但是他们两人的关系，却亲密得超过了亲兄弟，所以大嫂布罗久逊多莉非常反感。

绍时布松对自己的兄弟拉塔木孔德一家照顾有加，每次买东西的时候，都更多地偏向弟媳，而不是满足自己的妻子。比如说，如果有一件物品没有办法买到双份，那么他就会把那件物品先给弟媳，而不是给自己的妻子。

不但如此，绍时布松还对自己的弟弟拉塔木孔德很信任，很多事情都会找自己的这位兄弟商量，还对他的话言听计从。大嫂在这方面完全丧失了自己应有的话语权。

因为绍时布松不擅长管家，所以两家里里外外的事情都是由拉塔木孔德管理的。大嫂总是觉得拉塔木孔德会在背地里欺骗自己的丈夫，而且越是找不到证据证实自己的猜想，她就越发地怀疑拉塔木孔德。她常常因为找不到证据证明拉塔木孔德是个坏人而愤怒，这样的愤怒就像火山里的岩浆，积聚的时间久了，自然就会爆发出来，因此大嫂经常会对拉塔木孔德一家恶语相向。

第二天早上，拉塔木孔德早早起来去找了自己的哥哥。绍时布松见到了拉塔木孔德后发现他很不高兴，就关心地问道："拉塔木孔德，你的脸色看起来不是很好，是不是生病了？"

拉塔木孔德犹犹豫豫地说："哥哥，我不能和你们再住在一起了。"于是他把昨天发生的事情一五一十地告诉了绍时布松。

绍时布松听完他的话后笑了起来："这些事情又不是第一回发生了。你又不是不知道，你的大嫂和咱们的出身不一样，她就是喜欢那样啰唆几句。如果所有的人都像你这样，因为自己的亲人说了两句就离开，那是不是全世界的人都得分开了？我在家也经常听到她这样抱怨啊，照你这样想，我是不是也该离家出走了呢？"

拉塔木孔德说："我不是不能接受她的几句数落，我毕竟是个男人，心胸自然应该宽广一些，怎么会计较这些小事情呢？我只是担心，如果我们继续住在一起，你才是最受罪的那一个。"

绍时布松对他说："你以为你走了以后，我就不受罪了吗？"

拉塔木孔德无话可说了，只好叹息一声离开了，但是他心里总觉得有什么东西堵着一样。

接下来的几天，大嫂对他们一家人的态度越来越差了。只要一抓住机会，她就会羞辱拉塔木孔德。她那些恶毒的语言，简直就像是一把把刀子，不停地刺进拉什莫妮的心里。拉塔木孔德依然很冷静地抽着烟，每当妻子哭闹的时候，他干脆把眼睛闭上装睡，但其实他的内心已经沉重得快要撑不下去了。

拉塔木孔德和绍时布松的交情由来已久，他们是从小一起长大的，一起上学，一起逃课玩耍，一起欺骗老师，一起听大人讲一些故事……拉塔木孔德还记得，小时候他们两个人半夜从家里偷偷跑出来，就为了去另外一个村里观看剧团的表演。结果第二天早上，被家里人发现，两个人都受到了严厉的惩罚。那个时候，他们两个还没有布罗久逊多莉和拉什莫妮呢。

现在，眼看着这样牢固的友情，在一点点被撕裂、打碎。拉塔木孔德甚至都开始怀疑起他们之间的关系了：他们两个的友谊是不是不再那么纯粹了？是不是都有着一些不为人知的私心在里面了？他们的友谊是不是注定要以牺牲两个女人的幸福生活为代价？他的这些想法一直折磨着他，让他的内心受到了很大的伤害。他已经没有办法想象，这样的情况如果一直持续下去，最终会导致怎样可怕的后果。不过，没过多久就发生了一件事，让两家的境况发生了转折。

这一天，拉塔木孔德听说绍时布松因为欠缴税款被政府没收了唯一的田产，拉塔木孔德十分冷静地说："这都怪我。"绍时布松对他说："这跟你有什么关系？税款在送往政府的路上被人劫走了，你也没有办法阻止这样的事情发生啊。"

绍时布松认为浪费时间来讨论这件事情的责任在谁完全没有必

要，眼下最重要的事情是生活还要继续。但是绍时布松已经没有能力去应对家庭的这种巨变了，他的人生已经陷落到了谷底。

就在绍时布松准备让自己的妻子典当首饰来维持生活的时候，拉塔木孔德阻止了他，并给他送来了一沓钞票。原来，他先绍时布松一步就把自己妻子的首饰全都典当了，凑了一些维持生活的钱。

从此，他们两家的关系就发生了转变。以前的大嫂恨不得把拉塔木孔德一家赶走，可是现在这样的境况，她只能依靠他们一家来度日。因为知道自己现在需要拉塔木孔德的帮助，所以她再也没有数落过拉塔木孔德一次。

拉塔木孔德也终于凭借自己长期不懈的努力，在附近找到了一份律师的工作，律师这个职业的收入还是比较高的。拉塔木孔德自从得到这个职位后，凭借自己的才干迅速地获得了许多大主顾的青睐，名气越来越大。

拉什莫妮的地位也得到了大大的提高，因为现在是自己的丈夫供养着两家人，她完全可以扬眉吐气了。不过她并没有因此变得蛮横，哪怕她只是稍微露出了那么一点儿不满的征兆或者情绪，她的丈夫拉塔木孔德就会迅速地纠正她。有一次，她只是在大嫂面前稍微地表现了一下不满，她的丈夫差点儿就要把她赶回娘家去了。最后在大嫂的央求之下，拉塔木孔德才原谅了妻子。拉什莫妮也因此在大嫂面前表现得越来越温顺谦恭，她对大嫂非常尊重，简直就像女仆一样。

家里的管理方式也发生了一些改变，拉塔木孔德把管理家庭各种开支用度的权利都交给了大嫂。即便是拉什莫妮需要用钱，也需要从大嫂那里支取。大嫂还是跟以前一样保持着自己在家中的地位，绍时布松也和从前一样更偏向拉什莫妮一些。

但是，这样的情况并没有让绍时布松的状态好起来，虽然他脸上总是带着笑容，但是他的身体却因为疾病的折磨而变得越来越虚弱。细心的拉塔木孔德发现了这个情况，担心得夜不能寐。拉什莫妮看着丈夫每天晚上都是这样叹息着翻来覆去总也睡不着。

拉塔木孔德开始宽慰绍时布松，说："你不用再担心家里的事情了，我肯定能攒到钱把你的田产赎回来，这是我应该做的，并且很快就要实现了。"

过了一阵子，拉塔木孔德真的赎回了绍时布松那份唯一的田产，然而距离田产被没收也已经过去了整整十年。这十年间，绍时布松变得无比苍老。因此，当他重新得到自己的田产时，也并没有表现得非常高兴。或许他此刻的心就像一架旧钢琴，无论怎样努力调试，琴音都没办法像以前一样美妙了。

村子里的人非常高兴，他们希望绍时布松举办宴会庆祝一下。于是绍时布松找拉塔木孔德商量宴会的事，拉塔木孔德也非常赞成，他觉得这样喜庆的事情应该和大家一起分享。

于是，村子里所有的人都分享到了这份喜悦。祭司们得到了丰厚的报酬，穷苦的人得到了钱财的资助，主人绍时布松也得到了大家的祝福。

为期三天的宴会结束之后，绍时布松也彻底累垮了。此时恰逢初冬时节，绍时布松的身体已经虚弱得完全不能承受忙碌和糟糕天气的双重消耗了。终于，他病倒在床，高烧不断，还出现了呕吐和其他一系列的症状。拉塔木孔德请来了医生为哥哥诊治，医生对此也束手无策，对拉塔木孔德说道："他的病情已经无力回天了。"

午夜过后，绍时布松的病床前只剩下拉塔木孔德一个人，他对绍时布松说："哥哥，你过世了以后，你的家产应该怎样处理呢？"

绍时布松虚弱地回答说："亲爱的兄弟，我此刻已经没有什么家产了。"

拉塔木孔德说："不，该是你的家产，永远都属于你。"

绍时布松说："或许以前是属于我的，但现在我不再拥有它们了。"

拉塔木孔德没有再说什么，只是默默地帮哥哥掖好被子，绍时布松的呼吸变得越来越微弱了。

拉塔木孔德好像突然鼓足了很大的勇气，他不再沉默，坐在绍时布松的床边，抱着哥哥说："哥哥，我做了一件很大的错事，我现在决定要告诉你。"

不知道绍时布松是没有力气问他，还是在思考着什么，总之他依然沉默不语。

拉塔木孔德一边叹气，一边说："哥哥，我其实并不善于撒谎，这你是了解的。除了你，没有人可以真正理解我的内心，我们从小到大都在一起，内心有着同样真挚的感情。但是，这样真挚的感情却有一道障碍，让我们无法逾越，那就是我们的出身。你出身富贵，而我生来贫穷。我感觉这道障碍不但没有办法克服，而且让我们的关系越来越疏远。我想要克服它，于是我让人在路上打劫了你的税款，让你失去了所有。"

绍时布松的表情并没有因为拉塔木孔德的话而表现出吃惊，他反而微笑起来，用他虚弱的声音缓缓地说："亲爱的兄弟，我可以理解你做的这些事情。不过，你现在是不是已经完成你自己的心愿了呢？你从中得到了什么呢？愿天神保佑你。"说完，他的眼眶里流出了泪水，脸上的表情依旧很安详。

拉塔木孔德紧紧地抱着绍时布松的身体说："哥哥，我祈求你能够原谅我。"

绍时布松说："亲爱的兄弟，你做的这些事情，其实我早就知道了，是你的同伙告诉我的。我在得知这件事情的时候，就已经原谅你了。"

拉塔木孔德更加惭愧了，他哭着说："哥哥，那么就请你接受所有的家产吧，不要再生我的气了。"

绍时布松此刻已经没有力气再回答他了，他只是静静地看着拉塔木孔德，然后缓缓地把自己的右手举了起来。这个手势，或许只有拉塔木孔德才明白其中的深意吧。

笔记本

小乌玛在第一次学会写字以后，她就把自己的笔迹带到了家里的每一个角落。尽管在家人的眼中，她是在捣乱，但是她对这件事情从来都是乐此不疲的。

家里所有的墙壁上都被她用木炭写上了"奔流不息的江河，摇曳生姿的树叶"，就连她嫂子藏在枕头下面的一本书也被她写满了"黑色的花，红色的水"。家中的日历也没能够逃过她的魔掌，她的字把日历上的数字完全遮盖了，甚至她爸爸的记账本上都留下了她的名言警句"读书写字，骑马乘轿"。

她的学习热情持续高涨，从来没有遇到过任何的打击。疼爱小乌玛的哥哥，还让小乌玛意外地拥有了一份大礼。

小乌玛的哥哥叫戈宾德拉尔，虽然他外表看起来憨憨的，但是他的文章却经常能够登在报纸上。他讲起话来头头是道，这让所有人都对他非常佩服。

有一次，戈宾德拉尔发现了解剖学上的一处错误，于是他写了一篇批评文章。这篇文章被小乌玛看到了，她趁着哥哥不在的时候，拿起哥哥的笔，在那篇文章的末尾写下了"葛巴尔是个乖孩子，从来不挑食"这样的话。

哥哥回来后，发现自己的文章被妹妹加上了评论，觉得这是对文章读者的一种讽刺，于是很生气地训斥了小乌玛一顿，还没收了小乌玛的铅笔和钢笔。小乌玛对此非常伤心，她完全不知道自己做错了什么，要遭受这样的对待。于是，她一个人躲在墙角哭了起来。

没过多久，戈宾德拉尔就后悔这样做了，他觉得自己不应该如此严厉地对待妹妹。于是他把笔还给了她，还附赠了一本很精美的笔记本来抚慰小乌玛受伤的心。

小乌玛高兴极了。从那天开始，她每天都会随身带着那本笔记本，连睡觉的时候都会把它放在自己的枕头下面保护好。

小乌玛七岁的时候被送到了女子小学去读书，那本笔记本她依旧随身携带着，周围的小姑娘们对此羡慕不已。

上学的第一年，小乌玛在笔记本上写着："鸟儿们的歌唱，赶走了黎明前的黑夜。"接下来的日子里，她一个人躲在卧室里，在笔记本上写字，家里的其他地方已经难得看到她的笔迹了。她越写越兴奋，还经常可以听到她大声地向家人念出自己写的东西。没过多久，笔记本上就写满了各种诗歌和散文。

到了第二年的时候，她已经在笔记本上写出了自己的文章，虽然文章很短，但是很有可读性。唯一的缺点就是，文章无头无尾。

她的笔记本上还抄写了一些寓言故事，在故事的结尾，小乌玛加上了一句"我非常爱乔什。"可是，我们在所知道的任何书本里，都没有办法找到这句话的出处。

这句话并不是说小乌玛已经对某个叫乔什的男孩子产生了感情，

其实，乔什是家里的一位女仆的名字。仅凭这一句话，我们并不知道小乌玛对乔什到底是怀着怎样的感情。如果你想以这句话为中心写一篇故事，那你还需要在她的笔记本里寻找一些素材，这些素材可能前后观点完全不一致，所以你可能会大吃一惊。

这样的句子在小乌玛笔记本里出现的频率非常高。她写的作文里也经常出现这样的情况，比如在笔记本的其中一页，小乌玛先是写着："我要和霍里同学永远绝交。"可是后面的内容却让人感到不可思议，因为里面写的内容全是霍里同学如何称赞维护同学、如何对友谊忠诚，这样一位优秀的同学简直就是前无古人后无来者的。

小乌玛九岁的一天，她的家里传来了唢呐声。原来是小乌玛要嫁人了，新郎是戈宾德拉尔的同行，他的名字叫彼力莫宏。新郎的年纪也很小，也会看书写字，不过他的脑袋里全是保守陈旧的思想。不过，在那些守旧的街坊中，这个人的名声很好。连戈宾德拉尔都想模仿他，可是他发现这样很难。

小乌玛穿上了漂亮的沙丽服，戴上了面纱和首饰，眼睛里含着泪水。如今她要嫁人了，妈妈对她说："好孩子，嫁过去以后一定要听婆婆的话，要学会勤做家务，不能再只热衷于读书写字了。"戈宾德拉尔也跑来对她说："你一定要记住，绝对不能在他们家的墙上写字，更不能在彼力莫宏的文章上写。"

哥哥和母亲的话让小乌玛一下子就紧张了起来，她觉得她将要去的那个地方，是和家里完全不同的。那里没有谅解，处处都只会挑她的缺点、错误和罪过，她要忍受家里人的责骂，还要学会适应那样的

一个环境。

在唢呐声中，小乌玛离开了自己的家。此时此刻，她的内心到底想了些什么？她的泪水里包含了怎样的情感？估计只有她自己才清楚。

在那个笔记本里被小乌玛描写得又可爱又可恨的女仆，陪她一起去了。不过，女仆只是在那里暂住，过一阵子还是要离开小乌玛的，剩下的日子就只能靠她自己去面对了。乔什经过反复的心理斗争，决定把那本"诽谤"自己的笔记本给小乌玛带上。

这个笔记本不仅是她的嫁妆，还是她童年的那些美好生活的记录，也是饱含着父母之爱的一本回忆录。笔记本上的字虽然写得歪歪扭扭的，不过对于将要面对无穷无尽家务劳动的小乌玛来说，这个笔记本可以让她在空闲的时候稍微回忆一下以前那幸福而自由的生活。

小乌玛刚来到婆家几天，并没有在那个笔记本上写任何东西，当然确实也是因为她实在太忙了。没过多久，乔什离开她回家去了。就在那天中午，她把卧室的门关上，然后从盒子里拿出了那本笔记本，双眼含着泪水在上面写道："乔什回家去了，我也想跟着回家去。"

小乌玛在婆家每天都被繁重的家务所累，根本没有时间在笔记本上抄写什么东西，或许她对此已经失去了兴趣。所以在这段时间里，她的笔记本上全是一些非常简短的句子。她又在乔什走的那天记录的话语里加了一句："如果现在我的哥哥能来接我回家，我就再也不在他的文章上乱写字了。"

听说小乌玛的父亲也有这个想法，他想把小乌玛接回来，可是戈宾德拉尔和彼力莫宏却串通起来阻止了接小乌玛回家的计划。

戈宾德拉尔说:"小乌玛正在学习应该如何对待自己的丈夫,如果现在把她接回来,那父母对她的溺爱会让她变得不思进取。"为了证明自己的观点,他还写了一篇文章,里面用华丽的词语对嫁人的女孩还回家这件事进行了严肃的说教和犀利的讽刺,这篇文章得到了那些和他有同样观点的读者的一致追捧。

小乌玛知道这件事情后,在自己的笔记本上写下:"哥哥,我求求你了,你快点儿接我回家吧,我再也不会惹你生气了。"

这天,小乌玛又把自己关进了卧室,她一个人躲在房间里,在笔记本上写下了一些随笔。她的小姑子迪洛克梦久发现了她的反常,对嫂子关起门把自己锁在屋里的行为非常好奇,便去查看了一下。透过门缝,她看到嫂子正用笔在笔记本上写着什么。这个场景让她觉得非常震惊,因为有文化的女孩子是很罕见的。

迪洛克梦久一动不动地站在那里偷看,她的妹妹诺克梦久也被她的举动吸引了过来,跟她一起朝里面张望。没过一会儿,小妹妹奥伊戈梦久也来到门外偷看,可是她的个头儿实在太小了,只有踮起脚来才能看到屋内的场景。

此时的小乌玛正在随意地写东西,突然听到门外传来了一阵咯咯咯的笑声,那声音实在是太熟悉了。她立刻猜到自己被人偷看了,于是她迅速地把笔记本藏了起来,然后躺在床上,用被子把脸蒙住,她觉得这真的太难为情了。

彼力莫宏知道这件事情以后很是担心,如果女孩子接触了书籍和文化,紧接着就会去接触无数的剧本和小说,剧本和小说就会改变她们的思想，鼓动她们不再遵守家庭的秩序，那他维护自己的家庭就会变得非常困难。

于是，他开始思考对策，经过再三斟酌，他想到了一个自认为非常好的办法，并为自己想好了说辞：婚姻就是阴阳结合的产物，讲究阴阳相照、互补和协调。但是如果女人接触了书籍中所说的一些思想，她的阴性就会减弱，阳性就会被激发。这样最终导致的结果就是阴阳失衡，摧毁婚姻，妇女还可能沦为寡妇。

想到这样的说辞，他自己都不由自主地笑了起来，他认为这套理论简直太妙了，估计这个世界上都没有什么人可以反驳他。

晚上的时候，彼力莫宏就用自己的理论，对小乌玛进行了一顿劈头盖脸的指责，他还说："你以为戴着律师的头巾就可以成为律师吗？你以为在耳朵上随便别一支笔就能出去工作了吗？"

这种话小乌玛有些听不懂，因为她从来没有看到过彼力莫宏的文章。因此，她没有体会到他那种所谓的独特的幽默感，她只是觉得非常悲伤。她想，如果这个世界真的可以一分为二，那么她就可以自由自在地去做自己喜欢的事情了。

在接下来的一段日子里，小乌玛的笔记本上没有再出现任何新的内容。一个秋日的早上，小乌玛听到了外面传来的歌声，那是从一个乞讨的女人嘴里传来的，歌词的内容是关于女人回娘家的故事。小乌玛被歌声吸引，不由自主地把自己的耳朵贴近了窗户，静静地听着她吟唱。在秋日的暖阳里，歌声勾起了小乌玛对童年往事的回忆，这首歌让她变得心潮澎湃，她决定重新开始写字。

小乌玛虽然不会唱歌，但是她有一个习惯，每当听到别人歌声的时候，她会把歌词写下来，就像她自己在用笔唱歌一样。

小乌玛被乞讨女人的歌声触动了，心中涌起了无尽的伤感，她感动地哭了起来。于是她把那个女人叫到了家里，把门锁上，让那个女人唱歌，她记录歌词。

可是迪洛克梦久、诺克梦久和奥伊戈梦久发现了她的举动。她们在门外偷看了一阵后，就拍着手喊道："嫂子，你做的事情都被我们发现了。"

小乌玛听到她们的声音后，连忙出去把门打开，对着站在门外的三位姐妹说："妹妹们，求求你们，这件事情千万不能告诉别人啊，我再也不会这样了，我再也不会写了。"

可是迪洛克梦久的眼睛却一直盯着小乌玛的笔记本不放，根本没有听她讲话。小乌玛觉察到迪洛克梦久的异样，马上冲过去把笔记本紧紧地护在胸前。三个姐妹对笔记本一直非常好奇，于是她们一起上前抢夺笔记本，可是小乌玛拼命地保护着自己的笔记本，三姐妹根本抢不到。于是，她们叫来了自己的哥哥——小乌玛的丈夫彼力莫宏。

彼力莫宏来到屋子里后，表情冷冷地坐在床边，冲着小乌玛大喊："把你的笔记本交出来！"他看小乌玛不听话，又提高了嗓门："马上交出来！"

小乌玛还是站在那里，双眼睁得圆圆的，直视着自己的丈夫，目光里充满了无助的哀求。彼力莫宏勃然大怒，站起身来冲了过去，准备强行抢夺小乌玛的笔记本。小乌玛吓得一下子把笔记本扔到了一边，用双手遮住了自己的脸，瘫倒在地上。

彼力莫宏成功拿到笔记本以后，当着三个姐妹和小乌玛的面，高声地把里面的内容都读了出来。小乌玛每听到一句话，就把自己的脸朝地面贴得更近一点儿，恨不得找个地缝钻进去。那三个姐妹则是听一句笑一句，甚至笑得连腰都直不起来了。

彼力莫宏等大家都笑够了，才心满意足地离开，走之前还不忘把小乌玛的笔记本一起带走了，只留下她一个人躺在房间的地板上。

从那以后，小乌玛再也没能够见到自己的笔记本。而彼力莫宏却在自己的笔记本上面写满了那些所谓绝妙的文章，里面充斥着各种尖酸刻薄的语句，但是从来没有人敢去抢夺、毁灭它。

暗室之王

很久很久以前，有一个非常富饶的国家，但是这个国家的人却从来没有见过国王长什么样子。

一年的春天，快到月圆节的时候，整个国家都在准备欢庆节日，国王准备在皇宫的附近举办一场盛大的庆祝会，周边国家的王子和平民都受到了国王的邀请。听说国王会在这次庆祝会上现身，大家对此非常好奇，纷纷从各个地方赶来看热闹。

有几个从外国来的游客来到一条街上，见到这里宽阔的街道和美丽的建筑时，顿时看花了眼，差点儿迷路。还好这时有卫兵正在巡逻，于是这几个游客走上前和一个卫兵打了招呼，并向他问路。

"我们是从外国来到这里的人，不知道该走哪条路进城，我们能向你打听一下路线吗？"

卫兵说："那你们具体想要到哪里去呢？"

一个游客抢着说："我们想要去开庆祝会的地方，你知道哪条路比较好走吗？"

卫兵说："我们这里哪一条路都好走，每一条路都通向那个地方。你们只要顺着眼前这条路往前一直走，就能看到了。"说完，他就回去站岗了。

最先向那个卫兵打招呼的巴伐达塔非常生气，他说："这么傻的回答就像没有回答一样，每一条路都通向那里，那修这么多条路有什么用？"

他的同伴加那旦说："这有什么好生气的，人家本来就有权决定自己国家的路该怎么修。要说咱们国家的那些路才没用呢，全都是一些又窄又小的胡同，没有一条路是直的，走起来像迷宫一样。咱们国王真是从来都不喜欢修宽阔的路，他觉得路修宽了，会方便老百姓往外国跑。你看看人家这路修得又宽阔又漂亮，你可以自由地到你想要去的任何地方，也没看到这个国家的百姓往外国跑。咱们国家的路要是再不修得好一点儿，百姓就要跑光了。"

巴伐达塔有点不服气："加那旦，你总是有这么多抱怨。"

加那旦问道："我抱怨什么了？"

巴伐达塔说："你总爱抱怨自己的国家不好，那你为什么觉得宽阔的路就一定好呢？"他又对另一个同伴说："堪地亚，他还真觉得把路修宽了，就能拯救一个国家呢。"

堪地亚说："巴伐达塔，我都不想再说他了，加那旦这个人从小就爱耍小聪明，迟早有一天他会为他的小聪明付出代价的。他说的话，要是被咱们的国王听到了，肯定会惩罚他的。"

加那旦却满不在乎地说："我就是觉得生活在自己的国家，实在是太累了，走在路上的每个人都觉得不自在。不管是白天还是晚上，路上总是人来人往，挤来挤去的，让人浑身是汗，随时都想去洗澡。而且，你看那路上都走了一些什么人呀！"

堪地亚对大家说："要不是加那旦的劝说，我们为什么会来到这里？我的家族中没有人像他这样爱瞎跑瞎闹的，就拿我的父亲举例吧，你们大家都认识他。我觉得我的父亲就是这个世界上最守规矩的人，他一直都坚持不离开自己的房子，永远待在自己那六十九尺的住处以内的地方，从来不曾远离。等我父亲去世以后，就出现了一个很大的麻烦。因为我们没有办法保证在不离开房子的前提下，把他顺利地火化安葬。后来举行葬礼的法师建议把六十九尺改成九十六尺，这样才在没有违背祖训的情况下，把我的父亲给安葬了。"

加那旦听完惊叫了起来："你看看，居然有这么死守规矩的人，这说明我们国家实在太与众不同了。"

巴伐达塔对大家说："虽然加那旦从小在咱们国家长大，但他还是觉得把路修宽，才是治理国家最好的办法。"

大家一边激烈地讨论着，一边顺着大街慢慢向前走。这时，街上走来了一个老人和一群年轻的孩子。

那个老人说："孩子们，我们今天要迎着大风歌唱，让我们的歌声可以飘到所有的街道上去。要用心来唱哦，我们来歌颂现在这美好的春天吧！在沙沙作响的树叶声中，在那些飘落在春天的花瓣里，在悠扬的笛声中，在草木的呼吸中，让我们的衣袖在春风中飘舞吧！让我们来赞扬这美丽的春天吧！"

在这欢乐的氛围中，走来了一群市民，他们还在激烈地讨论着什么。其中有一个市民说："不管怎么样，大家都希望今年可以见到国王的真面目。太令人遗憾了，我们虽然生活在这个地方，但是从来没有见过自己的国王长什么样子。"

另一个市民接话说："你想知道这是为什么吗？如果你能保证不到处乱说，我就把这个秘密告诉你。"

那个最先说话的市民说："你从哪里听说我是一个守不住秘密的人了？当然了，上次你哥哥在挖井的时候挖到金子的事，那得另说。那件事情，我传出去是有原因的。这个原因，你当然也明白。"

接话的市民对他说："我知道你是有原因的，所以我才提前问你这次能不能守住秘密。如果你这次再传出去，我们所有人都得倒霉。"

另一个同伴插嘴说："你太小心了，维如克帕莎。这种秘密传出去，一定有什么原因，再说，谁能够把秘密真的藏在心底一辈子呢？"

那个自称能保守秘密的市民说："快点儿讲出你的秘密吧，维如克帕莎。"

于是，那个叫维如克帕莎的人说："好，既然大家都是好朋友，那我把这个秘密说给你们也无妨。"他转头看了一下四周，悄悄地说："国王不敢见人的原因就是他长得实在太难看了。"

那个自称能保守秘密的市民笑着说："这就是你所说的秘密呀！我们大家其实都是这么猜测的。别的国家的国王一出现在百姓面前，百姓个个都吓得浑身发抖，可是我们的国王从来没有现身过。维如克帕莎的这种说法其实很有道理。"

刚刚插话的同伴说："有什么道理呢？我不相信。"

维如克帕莎对他说："你不信？维舒，你看我像是那种爱撒谎的人吗？"

维舒说："我可没有说你撒谎，只是觉得你这种说法太让人难以接受了。这也并不是因为我太固执或者太偏激而不相信你。"

维如克帕莎听到这话，却不高兴了："我当然知道你不会相信我说的话，你连父母兄弟的话都没有相信过。还好国王没有出现，如果国王出现了，第一个要教训的肯定就是你这种人！你就像那种偏信邪教的人一样！"

维舒反驳道："哎呀，说得好像你就是正确的化身一样。你竟然说国王长得很难看，国王第一个就该把你的舌头割下来去喂狗！"

维如克帕莎生气极了，他说："维舒，你到底闭不闭嘴？"

维舒不服气地说："到底是谁该闭嘴，他自己清楚！"

又有一个市民说："你们都别争了，谈论这种话题实在太危险了。说不定我们都会被你们牵连到，我可没有说过国王的一句坏话。"

然后大家就都朝前走去，这时那个唱歌的老人在路上遇到了几个市民，其中一个市民说："老爷爷，今年的节日很多外国人都会来，如果到时候人家问起来'你们这里什么都好，但是你们怎么没有见到过你们的国王呢？'我们应该怎么回答呀？大家心里都有这个疑问。"

老人说："疑问？为什么会有这样的疑问呢？国家里的每个人都生活得像国王一样，在这个国家里，我们都是国王。你们还怀疑国王吗？在这个国家里，我们可以无拘无束地做自己想做的任何事情，这一切都是国王给我们带来的。我们的国王从来不是一个想要束缚人民的奴隶主，他尊重每一个人，他这样做也是在尊重他自己。我们虽然看起来地位低下，但并不能否认国王的存在；我们过着自己喜欢的生活，那是因为国王给我们领了路。有了国王，我们才不至于在黑暗中迷失自己。"

另一个市民说："可是我实在听不下去别人对国王的非议了，就因为国王从来没有在大家面前出现过，说什么话的人都有。"

又一个市民接着说："这种情况真的是太奇怪了，如果有人说我的坏话，我肯定饶不了他。可是，大家到处乱说国王的坏话，却没有人来管一管。"

老人说："我们国王的形象怎么会被几句坏话而损害呢？我们的国王就像太阳一样，我们的人民就像烛火一样。烛火的光芒都来自太阳，你可以一口气把烛火吹灭，但是就算全世界的人一起合起来吹气，太阳的光辉也不会受到影响。"

这时，维舒和维如克帕莎也走了过来，维舒气愤地对老人说："老爷爷，您也在这里呀。这有个人说国王不出来见大家，就是因为他长得太难看了。"

老人说："这有什么可生气的？他眼里的国王当然是难看的，因为他自己本身长得就不好看，他用自己的眼光来审视国王，能好到什么地方去呢？"

维如克帕莎也对老人说道："老爷爷，我也不说最初说国王丑的那个人是谁了，但是那个人却是大家都信服的。"

老人对他说："相信自己的判断才是最重要的呀！"

维如克帕莎说："但是他的话也并不是没有根据的呀。"

旁边的市民说："你说的那个人真的是太无耻了！自己厚着脸皮到

处造谣，还不惜自以为是地借别人对他的信任来证明！"另一个声音说："为什么那个人不先看看自己到底长什么样子呢？"

老人说："大家都别急，就让那个心怀丑陋的人来过这个节日吧！维如帕克莎，如果你相信那个人的话就和他一起吧，你会发现很多人都相信那种说法，如果你们觉得这样能让自己快乐。"

老人说完后，大家不再说话了，一群人继续在街上游玩起来。

那几个外国游客走在街上，又开始议论起来。巴伐达塔说："堪地亚，我感觉这里根本没有什么国王，这里的人都不约而同地在保守着这个秘密。"

堪地亚说："我觉得你说得对。在任何一个王国里，国王永远都是全国最耀眼的人。因此，国王是不会放过任何一个让自己露面的机会的。"

加那旦接着说："可是你们看这个国家到处都井井有条，怎么可能会没有国王的统治呢？"

巴伐达塔不屑地说："咱们的国王治理了你这么多年，就把你治理成这个样子？这里井井有条，不正说明了这里不需要国王吗？"

加那旦说："那这些百姓都聚在这里欢庆节日，如果没有政府和国王管理，他们怎么可能会聚在一起呢？"

巴伐达塔对他说的这些话都有些无语了："加那旦呀，你总是没有办法看到问题的本质。井井有条和正常的聚会之间存在冲突吗？在庆祝节日的时候大家聚在一起很困难吗？可是国王在哪里呢？"

加那旦说："按照你这个说法，就算有国王，这个国家也可能是混乱的，可是你看现在的情况。"

堪地亚回答说："你别岔开话题，直接正面地回答巴伐达塔的问题就行了。在这个国家，你有没有看到国王？有还是没有？"

于是，大家又再次为这个问题在街上争执起来。

又有一群市民一路唱着歌，从街上走了过来。他们的歌声中这样唱道："我们身边处处都可以看到他，他就生活在我们的眼睛里。我们没有办法远远地听到他的声音，但是我们能够在自己的歌声里听到。如果有人想要像乞丐一样，挨家挨户地去找他，那就来我们的心里、到我们的眼睛里，来看看他到底长什么样子。"

街上一个维持秩序的礼官对他们说："你们都走开点儿，不要到路中间挡道！"

一个市民说："你以为你自己是谁呀，你又不是天生就比我们有更高的地位，我们为什么要听你的话走开呢？亲爱的长官。"

另一个礼官说："国王等下会从这里经过的。"

另一个市民问道："国王？你说的国王是哪一个？"

先前那个礼官对他们说："还能是哪个国王？当然是我们国家的国王了。"

市民说："你在讲什么可笑的疯癫话呢？我们国家的国王出来的时候需要这样吆五喝六、前呼后拥的吗？"

另一个礼官说："国王这次可是要公开出席这个庆祝聚会的。不信你看，国王已经把他的旗帜都挂出来了。"市民顺着他指的方向看去，那里确实挂着一面旗子。礼官接着说："你看那面旗子上的花，不是红锦绒吗？"

市民说："是啊，果然是锦绒花，你看那样的红色，简直太鲜艳了！"

礼官说："现在你们相信我说的话了吧？"

一个市民指着身边的同伴说："我就没有说过不相信您的话，不相信的人是贡巴，是这个家伙到处乱讲，我可什么都没说。"

礼官说："你别看他肚子这么大，可是里面全是空的。你们没有听说过'空桶声大'这句名言吗？"

贡巴连忙解释说："朋友们，千万别这么说，我也是因为遇到了一些不如意的事情。前两天，国王到街上游行，到处锣鼓齐鸣，彩旗飘飘，把这个城市搅得乱七八糟的。我们这些平民百姓为国王做了那么多的事情，为他贡献了那么多的礼物，可是到最后，我们却需要像乞丐一样地追着他。等到我们都没有礼物可以呈上的时候，国王怎么可能会有这么华丽的排场呢？当然，我们希望国王能给百姓一些赏赐，但是翻遍历史书，也没有任何关于国王给平民赏赐的记载。但是，百姓交税的频率就像过节一样多。"

一个礼官对他说："你说这话的意思就是在暗示我们，你看到的国王是假的吗？"

另一个礼官说："你说这话的意思，是不是不想回家了？"

贡巴赶紧为他刚才的话道歉："长官们不要生气，我为我的胡言乱语向你们赔罪。你们放我离开这里吧，我会走得远远的，行吗？"

礼官说："好吧，那你就赶紧给我离开，国王很快就到了，我们得去开道了。"

礼官走了以后，贡巴的同伴马达夫说："你呀，早晚会祸从口出的。"

贡巴对他说："马达夫，你可是我最好的朋友啊！这跟我的嘴没有任何关系，主要是我最近的运气实在太差了。假国王出来游行的时候，我什么话都不敢说，就天真地呈上了自己的礼物。这次或许是真的国王了，我又错把他当成假的。唉，我运气可真差呀！"

马达夫对他说："我觉得呀，不管遇到的国王是真的还是假的，我们都得顺从他。你到底见过几个国王啊，就敢说自己能够分辨真的国王和假的国王了。无论是真国王还是假国王，我们只要像以前一样尊敬他就行了。这样的话，如果是真的，我们也不会惹来麻烦，如果是假的，那也没什么大不了的。"

贡巴说："我可是献了很多珍贵的礼物的，我可经不起这样来来回回的折腾了。"

马达夫突然说："快看！国王来了！你看他，长得真是一脸正气，相貌堂堂，多么英俊啊，他的皮肤又白又嫩。贡巴，你觉得这个国王会是真的吗？"

贡巴回答说："这个长得不错，我看着像真的。"

马达夫说："这不就是国王的样子吗？普通人怎么会这么漂亮呢？"

就在他们讲话的时候，国王走了过来。马达夫高声地喊道："胜利和繁荣将永远陪伴着您，我亲爱的国王陛下。我们一大清早就来到这个地方了，就是希望能够见到您的真容。请您恩赐您的百姓啊！"

贡巴说："国王真的是越来越神秘了。走，我们去叫老爷爷去。"

说完他们就从人群中挤了出去，一群百姓马上就把他们空出来的位置给填满了，一起涌向了国王。

一个百姓高声地喊道："国王！国王！……快来看呀！国王马上就要从这里经过了！"另一个百姓也高声喊道："国王好！我是库沙里瓦斯图地方的乌达雅达塔的孙子——维瓦加达塔！我一听说您要来，早就在这里等着了。别人对您的议论，我从来都没有放在心上，我的心对您可是无比忠诚的。国王啊，我是带着一片忠心来看您的呀！"

他身边的一个人说："你简直就是胡言乱语，我来得可比你早多了，那个时候鸡都还没有打鸣呢！我可没有见到你的影子。国王您好，我是维库拉马斯塔里地方的巴都拉斯纳，请您一定不要忘记我呀！"

国王微笑着对大家说："看到你们对我如此忠诚，我感到很欣慰！"

维瓦加达塔说："国王啊，我要向您诉苦。我们平时到不了您的身边，心里有苦，都没有办法去说呢！"

国王说："你们所有的苦难都会得到抚慰的。"

又一个百姓高声地喊道："小伙子们，咱们可不能落后啊！大家都挤成一团，国王怎么可能会记得我们呢？"他身边的人说："你看那个傻瓜那鲁坦，把我们挤到一边，自己马不停蹄地凑到国王的身边去了。他还给国王殷勤地扇扇子，你看他那副谄媚的样子。"

这时，马达夫站在人群里说："这家伙的脸皮可真厚！咱们一定要把他赶走，又不是什么人都能够站在国王身边，真是的！"

第三个高声呼喊的百姓说："国王可不像我们，他可看不出谁真心谁假意。这个家伙这么给国王献殷勤，他一定会受到褒奖的。"

这个时候，贡巴带着老人来到了这里，他对老人说："我跟你讲，国王刚刚就是从这条街上走过去了。"

老人反问他："这样就说明他是国王了？"

贡巴回答说："也不是，只是这里有成千上万的百姓看着他，他可是在光天化日之下走过去的。"

老人说："就因为他如此的招摇，我才觉得这件事情太有问题了。我们的国王可从来没有动用过这么华丽的仪仗来招摇过市，他从来都不是那种一出门就想要惊天动地的人。"

贡巴说："也许是因为这次的节日太隆重了，因此国王才安排了这样的排场。"老人说："你这么说也有一定的道理，但是我们的国王并不是一个喜欢幻想和爱慕虚荣的人。"

贡巴说："老爷爷，我都找不到什么词语来形容他。他的皮肤太白了，就像一尊漂亮的蜡像一样。我都恨不得上去给他挡住太阳，用自己的身体好好地保护他。"

老人笑着说："你真是个傻孩子。国王还需要你去保护？"

贡巴又说："说实话，老爷爷，他的样子真的像神那样美丽。在所有的百姓中都不可能找得出能与他相比的人。"

老人说："如果国王真的想要出门的话，他肯定不会让大家知道的。他绝对不会在人群里这样招摇，他更喜欢和百姓们打成一片。"

贡巴说："可是我亲眼看到国王的旗子了，旗上有朵红锦绒花。"

老人说："真正的国王旗子上的图案应该是一朵莲花，上面还有一只乌贼。"

贡巴依旧不相信："可是人们都说国王会在庆祝聚会时出现，所有人都这样说。"

老人说："国王当然已经出现在聚会上了，不过他没有带着礼官、士兵或者仆人，甚至连乐队的仪仗都没有。"

"那人们怎么可能认出他来呢？"贡巴非常不理解。

"这样就不会有人缠着国王索要赏赐了。"老人说，"一个乞丐怎么可能会认得出国王呢？在乞丐的眼里，所有施舍钱财给他的人都好像是国王一样。傻瓜，一个穿着华丽的人在大街上招摇过市，并且收取人们的礼物，你就把他当成国王了。哈！你看那个疯子又来了。你不要再胡思乱想或者听别人乱说了，还不如跟那个疯子一样什么都不用想，一直自由自在的。"

只见不远处走来了一个疯子，他嘴里唱着一首歌："金色的小鹿啊，一直逃避我们的幻想！它就像一道闪电般转瞬即逝。这个充满野性的流浪者，每当你走近它的时候，它一下子就跑开了，只给你留下一缕尘烟。我继续流浪着去寻找那只金色的鹿，尽管我抓不到它。我就像一个无家可归的浪子，在森林和那些未知的土地上流浪，从来不会回头。

"你们都到市场上去买你们所需的东西，然后满载而归，我却总是这样风餐露宿。为了追寻那些不属于我的东西，我把一切都抛弃了。我哭过，但并不是因为我失去的那些东西。

"我心里仅剩一丝笑容和一首歌。这可以让我把忧愁彻底抛弃。我像一个穿过森林和未知土地的浪子那样，永远不回头……"

当街上的人都在议论国王的相貌时，住在皇宫里的王后也在思考这个问题。这个国王真的很神秘，他住在皇宫里一间漆黑的暗室里，即便是美丽动人的王后，也从来没有清楚地见过他。

王后苏达沙那在那一间漆黑的屋子里喊着："光明在哪里呢？这间屋子从来就不会点灯吗？为什么这间屋子要保持黑暗呢？"

宫女苏任加玛说："如果这个世界没有了黑暗的话，人们就不会知道光明到底是什么滋味了。"

王后听着这话，感到很诧异："你是不是因为在这间屋子里住得实在太久了，说话都变得古怪了起来，我怎么听不懂你在说什么呢？苏任加玛，你告诉我，这间屋子到底在皇宫的什么地方呢？我从来都不知道该从哪里进去，又该从哪里出来。"

宫女说："这间屋子其实是在地下很深很深的地方，它是国王专门为您准备的。"

王后说："皇宫里从来都不缺屋子，他准备这间黑暗的屋子做什么？"

苏任加玛回答说："要是会见别人，在有光的屋子里就可以了，可是要想见到国王就必须在这间暗室里。"

王后赶紧否认说："不行，这怎么行呢？如果没有光明的话，我可活不下去。这个又冷又闷的地方让我感到特别烦躁。苏任加玛，如果你能够给我带来一盏灯，我就把我手里的这串项链赏赐给你。"

王后的项链非常的珍贵，但是这个宫女完全不为所动："王后，抱歉，我不能按照您的要求做。我怎么敢把灯带到这个国王想要保持黑暗的地方呢？"

王后对她说："你对国王怎么这么忠诚呢？我感到非常的奇怪，你的父亲不是受到国王的惩罚了吗？"

宫女回答说："是的，确有此事，可那也是因为我父亲赌博在先。以前，很多人和我的父亲经常在家里酗酒和赌博。"

王后问她："可是你的父亲最后被判了充军，难道你不觉得他很冤枉吗？"

宫女说："虽然我非常生气，但是这件事还不足以让我自甘堕落。我感觉自己从来都是无依无靠的，就像一直被关在笼子里的野兽。虽然我想把外面的人全部撕碎，可是我只能无可奈何地发怒。"

王后说："那你为什么还能对国王这么忠诚？"

"其实我也讲不清楚，可能是国王的冷酷无情，让我觉得这样的他才是可以被依靠和值得我服从的。"宫女说。

王后继续追问："你是从什么时候开始这么想的？"

宫女回答说："这个我也讲不清楚。总之有一天，我突然觉得自己所有的反叛都是徒劳的，所以我的本性让我谦卑地服从了。他从那以后渐渐看清了我，我也渐渐看清了他。他在美丽和恐怖这两个角度都做到了极致，我可以说是被他拯救了！"

王后又转向了自己最关心的那个问题："苏任加玛，那你告诉我，国王到底长什么样子呀？我可从来没有看清楚过。每次他都是从黑暗中走来，又从黑暗中离开。我曾经问过许多人同样的问题，可是他们的回答都是含糊其词的，似乎在故意隐瞒着什么。"

宫女说："事实上，国王长什么样子我也不好说，总之他的相貌并没有人们想象中那么漂亮。"

王后有些吃惊："你说的都是真的吗？"

"是的，王后，他一点儿都不好看。或者说他的外表不好看，但是他这个人特别奇特、非常高明，总让人觉得捉摸不透。"宫女想了想说。

王后说："我还是听不懂你到底在表达什么，但是我喜欢从你嘴里听到关于他的事。无论如何，我都要看清楚他的样子。我甚至想不起来我们结婚那天的情形了。我结婚以前，一个圣人曾经告诉过我的母亲，我未来会嫁给一个非常出众的人，我还问我母亲他会长成什么样子。由于我的母亲是带着面纱看他的，所以她也说不清。如果他确实是一个很出众的男子，我却没有办法看到，这怎么能让人不焦急呢？"

宫女突然说："您有没有感到一阵微风吹过？或者您闻到一股香味了吗？"

王后稍微停顿了一下，跟她说："什么都没有。"

宫女对她说："王后，我没有办法向您形容这种感觉。但是在我的心里，我仿佛能够听到他走过来的脚步声。自从在这个暗室当宫女以来，我对他的到来都会产生预感，您总有一天也会有我这样的预感。王后，这种感觉会从您的心底慢慢地生出来。您因为急于见到国王而感到烦躁不安，所以您的心思已经被自己扭曲了。待这种烦躁状态平息以后，您就可以产生这种预感了。"

王后还是觉得很奇怪："为什么这件事情对于你这个宫女来说很简单，对于我这个王后却这么难呢？"

宫女说："正因为我只是一个普普通通的宫女，我不需要去过多地考虑问题。当初国王让我来负责这间暗室的时候，他说：'苏任加玛，你全部的工作就是好好地收拾这间屋子。'我听到他的话，什么都没想，只想一门心思地把我的工作做好。渐渐地，我的心里就有了力量，可以控制自己的情绪和身体。国王来了，就在门外，主人来了！"

这时，门外传来了国王的声音："王后，把门打开，我已经完成了一天的工作。现在已经天黑了，我正等在门外。你是不是已经准备好了花朵、收拾好了头发、穿上睡衣，准备休息了？"

王后朝着门外说："亲爱的国王啊，这里有谁可以阻挡您呢？这扇门根本就没有锁，您只要轻轻一推就能进来。为什么您从来都不碰？如果我不去开门，难道您就不能进来了吗？如果我睡着了，没有办法听到您的声音，您难道就一直等到我醒来吗？"

宫女说："王后，您还是亲自去开门吧，否则国王是不会进来的。"

王后对她说："可是这里实在太黑了，我连门都看不到。苏任加玛，对于这里你比我更熟悉，要不你去开门吧。"

于是，宫女苏任加玛打开了门，向站在外面的国王行了一个礼。王后根本就看不清国王到底长什么样子，等国王走进来以后，王后问他："为什么我不能在明亮的地方见到您呢？"

国王说："虽然我知道你一直想在明亮的地方看到我，可是为什么你不能在黑暗中用心感受我呢？"

王后回答说："我一定要看到您，我希望能够看清楚您的相貌。"

国王对她说："你肯定会无法接受我的相貌，那肯定会给你带来痛苦。"

可是王后对国王所说的话，丝毫不为所动："您不能这么说。我此刻在黑暗里，已经感觉到您肯定是个英俊的人。如果我在光亮处见到您，怎么可能会痛苦呢？现在请您告诉我，您能看清我吗？"

"是的，我可以看清你！"

"那您看到了什么？"

国王说："我在无边的黑暗中，你的形象如鲜活的花朵一样真实，像天上的繁星一样闪亮。在这真实的形象里隐藏着你的想法和努力，还有那伟大的愿望和爱的奉献。"

王后感动地说："我真有您讲得那么美丽吗？您这么说我兴奋极了，甚至要骄傲起来了。可是您说的这些我自己从来都感觉不到。"

"你自己当然没有办法感觉到了，因为你自己把她消灭了、压抑了，总是认为自己很平凡。如果有一天你能看到你在我心中的形象，你就知道你是多么的美丽。你在我心中可不是一个普通的人，而是我的第二条生命。"国王说。

"那么请您教会我怎样用心去观察吧！这里的黑暗难道影响不了您的视觉吗？这无边的黑暗让我感觉太压抑了，可是对您来说，这样的黑暗和光亮没什么两样。我什么时候才能做到和您一样呢？当然，这对我来说是不可能的，我们中间还有着很大的差距。我不想在这里见到您，我希望在光亮的地方、在万物都能够生长的地方见到您！"

国王说："那你可以试试在光亮的地方认出我，但是没有人会提示你。即便你觉得那个人就是我，或者是有人告诉你那个人是我，但你怎么能确定到底是真的还是假的？"

"我会知道的！我一定可以认出您！即便您淹没在成千上万的人群里，我想我也会分毫不差地把您认出来！"王后激动地说。

国王说："那好吧，今天晚上我会出现在月圆节的庆祝会上。你就站在皇宫最高的那个楼上，在茫茫人海中找到我吧。"

王后又追问道："您一定会出现在人群里吗？"

"我一定会出现，并且不止出现一次。"国王又喊了一声，"苏任加玛！"

宫女立刻走了出来："您有什么吩咐，我的主人？"

国王对她说："我今晚会出去参加月圆节的庆祝，你可以休息了。"

宫女说："全凭主人的吩咐。"

国王接着说："王后今天晚上会用自己的眼睛来找到我。我就在音乐最美妙的地方，那里充满了花香，树影凌乱。"

宫女有些不解："您这简直就像是在捉迷藏一样，王后怎么可能看到呢？这么热闹的场景，人的眼睛会看花的。"

国王对她说："王后非常好奇，她很想找到我。"

宫女惋惜地说："我想她的好奇心一定会破灭的。"

国王离开了那间暗室，而王后准备用自己的眼睛去发现国王。

在庆祝会的娱乐园，几位外国的王子来到了这里。王子阿凡提说："这里怎么没有国王接见我们呀？"

康齐王子说："这个国家真的是太荒唐，太混乱了！国王居然会选择在一个树林里举办月圆节的庆祝会，甚至连地位低下的平民都可以随意出入。"

王子寇沙拉也附和道："国王应该专门找一个地方来接见我们。"

康齐王子一脸高傲地说："如果这个国家的国王没有准备，那么我们应该让他立刻给我们创造一个接见我们的地方！"

寇沙拉突然说："我们一路走来，看到这里的情况很不对劲，这个地方到底有没有国王存在呀？我们好像被人们的谣传给误导了，其实这里根本就没有国王。"

阿凡提回答他说："我不清楚这里的国王到底存不存在，但是苏达沙那王后却是真实存在的。"

寇沙拉接过话茬儿说道："我其实就是为了看王后才来的，能不能见到国王对我来说一点儿都不重要。如果没有见到王后就离开这里，那真的是太遗憾了，甚至是不可饶恕的错误。"

康齐看着那些熙熙攘攘的人群，不太高兴地说："真的是岂有此理，你看走过来的那些家伙到底是谁呀？"

大家抬头望去，只见一个老人和一群孩子走了过来。那个老人就是白天大家称呼他"老爷爷"的人。老人对着几位王子说："我们是什么都没有的快乐合唱队。"

阿凡提对这个东西并不感兴趣："你不用自我介绍了，只要你们离我们远一点儿，不要打扰到我们就行了。"

老人对他说："我们从来不会觉得这里缺少空间，您想要占多大的地方都可以。我们不喜欢产生这种无谓的争执。"

最后，老人和孩子们唱着歌走开了："我们什么都没有，确实一无所有……"

康齐不知道又看到了什么，他大声喊道："寇沙拉，你快看，又来了一群人。他们好像是演哑剧的，甚至还有人装扮成了国王的样子。"

寇沙拉说："这个地方的国王怎么会允许这种事情出现？在我们那里，这种情况是绝对不会出现的。"

阿凡提说："他那滑稽的样子就像是从哪里来的乡村土皇帝一样。"

康齐询问了一个刚好路过的卫兵，说："你们这位国王到底是从哪里来的？"

卫兵回答他说："这个就是我们的国王，他是来这里主持庆祝大会的。"说完，卫兵就走了。

"国王亲自出席庆祝会？"寇沙拉惊叫了起来。

阿凡提说："那好吧，我们还是看看国王吧，别去想那个王后了。"

"你还真把那个卫兵的话当真了？"康齐不屑地说，"我感觉在这个国家，每个人都可以假扮国王。你看不出那个国王是假的吗？你看他那个打扮，完全就不像是一个国王。"

"可是他外表看上去还挺像那么回事的。"阿凡提说，"起码从外表上看，没有哪里让人觉得不舒服。"

康齐说："你是被你的眼睛给蒙蔽了，你再走近一点儿看，那个国王肯定是假的。你们等着瞧吧，我会想办法揭穿他的。"

他们正说着，那位他们讨论的假国王走到了他们身边，说："欢迎各位王子来到我们的国家，希望各位都能够受到热情的款待。"

王子们装模作样地应付说："是的，贵国款待得非常周到。"康齐对国王说："就算真的有什么缺憾，在见到国王您时，一切都变得十全十美了。"

假国王对他说："虽然我很少在公共场合出现，但是你们的忠诚和热情让我非常高兴。能够见到你们，我很开心。不过，我一会儿就要走了。"

康齐说："这我们当然知道，您向来都不是很重视我们。"

假国王说："你们是不是对我有什么请求？"

康齐说："当然有了，但是我们想要私下跟您说。"

假国王朝着身后的侍卫挥了挥手，示意他们走到远处。接着，假国王对王子们说："你们想说什么，就直接说吧。你们在我面前其实没有必要拘束。"

康齐毫不客气地说："那就请国王对我们跪下，向我们磕个头，以表示对我们的敬意吧。"

假国王的脸色变了，但他故作镇定地说："看来我的仆人们给你们的酒倒得太多了。"

康齐立刻大喊道："你这个无耻的冒牌货！我看你才喝多了！马上就要人头落地了！"

假国王勉强地笑了笑："各位王子，你们跟国王开这种玩笑是很危险的。"

康齐冷笑着说："那我就找一个可以跟你开这个玩笑的人。一个将军怎么样？将军！"

假国王一听康齐大声喊起来，连忙说："求你们别喊了，我这就向你们表示敬意。我已经向你们低头了，请你们不要再让我难堪了。我向你们行个礼，你们发发慈悲，让我走吧，我不会再来打扰你们了。"

康齐紧追不舍地问："你为什么要逃跑？不妨让我们看看，这个玩笑是怎样变成令人信服的事实。你告诉我，真的会有人响应你吗？"

假国王说："当然有的！街上那些看到我的人一定会跟随我的。刚开始的时候，其实有很多人是怀疑我的，但是后来见到我的人越来越多了，相信我的人也越来越多了。大家不再怀疑什么，因为群众已经相信自己眼睛看到的我就是国王。我其实不用费劲再去证明自己了。"

康齐对他说："那真是再好不过了。从现在起，我们所有人都会协助你，和你站在一条线上。但是你得为我们做一件事。"

假国王说："要是你们可以帮我坐稳王位的话，你们的要求我一定会做到。"

康齐对他说："我们只是想见见苏达沙那王后，你得按照我们说的去做。现在带上那些华丽的排场，然后到皇宫林荫大道的庆祝会场上去。"

于是，王子们和假国王一起去密谋这件事情了。此刻，群众依然在欢庆节日，根本没有意识到将有大事发生。

一群市民又见到了那个唱歌的老人，其中一个市民问老人："老爷爷，即便是要重复上百遍，我还是想说，我们的那个国王就是个大骗子。"

老人对他说："你为什么只重复上百遍呢？你完全不必克制自己。

你可以成千上万遍地说，说出你心里的话，只要你高兴就行了。"

另一个市民也来接话说："我要对全世界的人说，我们的那个国王，他就是个大骗子，他只是一个影子而已。我们要找一个高处大声喊，我们的国王从来就不存在！如果他真的存在，那他想要怎么惩罚我们都行。"

老人说："国王是不会惩罚你们任何一个人的。"

一个瘦弱的人说："我儿子小小年纪就发高烧猝死了。如果真有一个贤明的国王治理国家，我怎么可能会遭到这样的祸事？"

老人对他说："可是你还有一个儿子，而我那五个孩子都相继去世了。"

又一个市民对老人说："那你面对这样的事情时有什么想法呢？"

老人对他说："只是因为我的孩子全部都去世了，我就能乱说国王不存在吗？我可没有那么愚蠢！"

又有一个市民说话了："咱们现在连自己的肚子都填不饱，却还要为有没有国王而争执吗？你肚子饿的时候，国王会找东西给你吃吗？"

老人说："你能这么想就对了，但是你为什么不去国王那里寻找救济呢？在这里喊叫可没有什么用。"

周围的市民都抢着发表自己的意见："我们的国王真是一点儿用都没有，我认识一个叫巴都拉森的人，他每次提到国王都会感激涕零。真是笨蛋，自己都穷成那样了，还感激国王干什么？"

老人说："拿我做例子吧，我曾经为国王日夜服役做工，但是到现在一文钱的报酬都没拿到。"

一个人问他："你怎么看这个情况呢？"

老人说："我还能怎么看？你会向一个朋友索要报酬吗？大家继续玩就好了，只要你们愿意，你们可以说我们的国王并不存在，这也是一种庆祝节日的方式呀！"

说完，大家停止了争执，各自四处游玩去了。

这时，王后苏达沙那正和自己的朋友罗希尼站在皇宫的高楼上说着话。王后说："你可能会认不出国王来，可是我怎么可能会认不出呢？我可是他的王后啊，那个人当然就是国王了。"

罗希尼对她说："既然在国王的眼里，您是如此美好，他为什么不尽早让您看清他呢？"

王后说："我只是看到他的外形，就已经没有办法按捺住自己内心的焦急情绪了。你有没有打听过那个人到底是谁呢？"

罗希尼说："我都问过了，每个人都说那个人是国王。"

王后还是不放心："是哪个国家的国王啊？"

罗希尼肯定地说："当然是我们国家的国王了。"

王后说："你说的就是旗子上画着鲜花的那个人？如果真的是他，那我肯定早就认出来了。可是你也一直都不太确定。"

罗希尼说："我们得谨慎一些，我也不敢因此让您陷入难堪的境地，万一真的认错了呢？"

王后说："要是苏任加玛站在这里就好了，她肯定会帮我们分辨出他到底是不是真正的国王的。"

罗希尼问道："难道在您眼里，这个宫女比我们还聪明吗？"

王后说："并不是这样，但是她确实可以一眼就把国王认出来。"

罗希尼说："我才不相信呢，她只是声称自己可以。就算她自己这么说，也没有人去证实真假呀。我要是有她这么厚的脸皮，也敢自称能够把国王认出来。"

王后说："可是她从来没有自夸过这个。"

罗希尼说："那只是她伪装自己的一种手段罢了。行事低调的人总比当众炫耀的人更容易让人相信。她的心机可真是深沉，我们怎么可能信任她？"

"随便你怎么说吧，我还是觉得她比较可靠。"王后说。

罗希尼说："好吧，那我去把她找来。如果您坚持要她来帮助您，她的运气实在太好了。"

王后说："并不是我偏信她。而是，我也希望人人都说的那个人的确是国王。"

罗希尼说："大家现在已经都这么说了。您听，人们的欢呼声已经到这里来了。"只见那个假国王带着一群随从，从皇宫附近的路上经过，可是王后却不知道那个人是假国王。

王后对罗希尼说："你拿荷叶包上一些花去送给他吧！"

罗希尼说："如果他问这花是谁给的，我应该怎么回答啊？"

王后说："你不必多说什么，他应该会明白的。我不会让他还以为我没有认出他来。"于是，罗希尼就带上花去找那位假国王了。

王后自言自语地说："今天晚上我的心跳得真是猛烈。满天的星光看起来是那样灿烂，光芒充斥着整个天空，满得就像一杯被倒满的啤酒，现在已经不断地向外溢着泡沫了。来人啊，有人吗？”

一个仆人走到王后跟前问她："王后，您有什么吩咐？"

王后说："你去把皇宫边上那群正在唱歌的少年叫过来吧，我想让他们在我面前唱歌。"于是那个仆人把孩子们找来了，孩子们在王后面前唱起了美妙的歌。

王后听着他们的歌声，心情变得更加激动。她连忙阻止了这些少年："好了，好了，你们别唱了，你们的歌声把我内心的忧伤和我那些挥之不去的记忆全都勾起来了。你们的歌到底是从哪里学来的？我完全能够想象出，教你们唱歌的肯定是位非常可爱的世外高人。我也想到大自然里去自由地游览一番呀！孩子们，你们想要得到一些什么赏赐呢？我这里有一串项链，上面的宝石对我而言只是一些冰冷坚硬的石头，让我感到痛苦，还不如你们头上戴着的花环呢。"

这时，罗希尼回来了。王后急忙说："我今天可真是太唐突、太冒失了。回想发生的事，我感到非常紧张。我刚刚体会到，给人礼物到底是一件多么困难的事情。好了，说说你去那里的经过吧。"

罗希尼说："我把鲜花递给国王的时候，他完全不明白这是什么意思。"

"怎么回事？"王后觉得有点吃惊，"他真的不明白是什么意思吗？"

罗希尼说："他简直就跟一个木偶没什么两样，一点儿反应都没有，一句话也不说。我觉得他就是在掩饰自己的不明白。"

王后惊叫起来："我这次真是太丢人了！我因为自己的好奇心而受

到了惩罚。那你怎么不把它带回来呢？"

"怎么拿得回来呀？那个聪明的康齐王子就在他身边坐着。康齐王子看了之后，笑着说：'国王，苏达沙那用花来向您表达她的敬意。'这个时候那个国王才反应过来，他说：'这是我得到的最好的赞誉了！'我正打算仓皇地逃离那里的时候，康齐王子又从国王的脖子上摘下项链，对我说：'朋友，国王赏赐给你一串项链，感谢你为国王送来的荣耀。'"

王后听到这个之后感到更加痛苦了："康齐王子真的是什么都知道。天哪！今天真是一个令人蒙羞的月圆之夜！我彻底失去希望了，罗希尼，你让我一个人静静地待一会儿吧。"罗希尼行完礼便离开了。

王后自言自语地说："今天的事情简直就是晴天霹雳，他把我的骄傲劈成碎片，我在他心目中那高贵的形象彻底毁掉了。我真的已经颜面扫地了，我被打败了，而且一败涂地。我以后怎么还有脸再去见他呢？我得去找罗希尼把那条项链要来，不知道她心里会怎么想。罗希尼！"

罗希尼听到王后的召唤后走了过来："王后，您有什么吩咐？"

王后对她说："把你手里的那条项链给我吧。看样子那个国王本意是不太想送出这个礼物的。我把这对精美的镯子赏赐给你，你把项链留下，然后你就走吧。"

罗希尼用项链换了镯子，离开了。

王后又悲伤了起来，自言自语地说："我真的是太失败了，我应该把这条项链扔了，但是我没有勇气。它真像一根刺，深深地扎在我的心上，它就是月圆节之神送来羞辱我的礼物。"

此时的月圆节庆祝大会上，大家都快乐地把红色的花粉和彩色的泥浆抛向对方，来庆祝这个隆重的节日。老人对着一群年轻人喊道："大家玩得很尽兴吧！"

一个人回答说："太尽兴了！您看我全身都是红色的花粉，其他人也一样。可是您身上怎么没有呢？对了，国王也会被人抛撒花粉吗？"

他的同伴说："国王住在皇宫里最高的墙上，谁都没有办法靠近他。"

老爷爷说："因此国王不可能享受到这种快乐，但你们为什么不能一起到皇宫的高墙上去给他撒一些呢？"

又有一个同伴说："老爷爷呀，皇宫里的红色已经够多了。您看他们的眼睛，还有那些侍卫的头巾都是红彤彤的。侍卫带着兵器守卫着皇宫，我要是过分靠近，可是会被自己的鲜血染红的。"

老人对他说："你能明白这一点就好。一定要离皇宫远一点儿，我们就当他们已经被这样的节日遗忘了。"

那个人对老人说："老爷爷，我应该回家了，已经过子夜了。"说完，他就离开了。

这个时候，又有一群人唱着歌，朝人们走了过来。老人对他们大声地打着招呼："不错啊，朋友们，你们今天玩得很尽兴吗？"

歌手们开心地回答说："是啊，这里所有的东西都变红了，只有天上的月亮还是那样皎洁。"

老人笑着说："月亮的白色，都是它的伪装。它只是外表看起来是白色的，我曾经见它向整个大地抛洒下红色的光芒。它可以把我们染得通红，自己依旧保持洁白呢！我们用自己内心的红粉，去把这白月亮染红吧！"

就在大家还沉浸在节日欢乐的氛围中时，康齐和假国王悄悄地开始了他们的计划。康齐对假国王说："这件事一定按照我说的去做，一点儿差错都不能有。"

假国王说："你放心吧，不会有差错的。"

康齐说："苏达沙那王后住的宫殿，你知道在哪里吧？"

假国王回答说："是的，我早就知道了。"

康齐满意地说："你先去花园里放把火，然后趁乱去把我交代的事情给做了。"假国王信誓旦旦地答应了。

康齐又再三叮嘱他："记住，你只是个冒牌货，我对你是有些不放心的。要是这个国家真的没有国王，那麻烦可就大了。"

假国王冷笑着说："如果没有，那我们就建立一个自己的王国。百姓们不可能没有国王，不管这个国家是否真的需要国王。"

康齐对他说："对百姓来说，你可真是一个大救星啊！你这种自我牺牲的崇高精神，真值得我们所有人学习。我都恨不得自己去当国王，拯救这些百姓了。"于是，他们立马开始实施计划。

罗希尼突然发现，皇宫附近花园里的园丁们都陆续离开了花园。她非常奇怪，问道："你们这么匆忙要去哪里？"

园丁们回答说："我们要到花园外面去。"

罗希尼更加不解了："到哪里去？"

园丁们回答说："我们也不知道，是国王把我们叫出去的。"

罗希尼跟他们说："国王就在花园里，外面哪有什么国王？"

园丁们也搞不清楚，一个园丁说："当然是我们的国王在召唤我们啊。"

罗希尼又追问："那你们都要走吗？"

一个园丁回答说："是的，国王命令我们马上就走，不然他肯定会惩罚我们的。"说完，园丁们都急匆匆地离开了。

这个时候，罗希尼看到寇沙拉王子走了进来。寇沙拉问罗希尼说："你知道那个国王和康齐去哪里了吗？"

罗希尼说："他们不就在花园里吗？但是具体在哪里我就不知道了。"

寇沙拉说："我不知道他们到底有什么计划，但看来我不能再相信康齐的话了。"说完，寇沙拉就自己离开了。

罗希尼心里已经产生了怀疑："今天晚上是不是有什么不好的事情要发生？最好不要让我受牵连啊。"这个时候，阿凡提又匆匆赶来了，他一看到罗希尼就说："你看到国王一行人了吗？"

罗希尼说："我也不知道，刚才寇沙拉还问我呢，现在他朝那边过去了。"

阿凡提很焦急："我没有问你寇沙拉去哪儿了，我现在想知道国王和康齐，他们在哪里？"

罗希尼说："我也好长一段时间没有看到他们了。"

阿凡提说："康齐他们背着我们，好像在实施什么阴谋，虽然我并不想卷入这些是非，但我怕他们会欺骗我们所有人。你能告诉我，怎样才能从这个花园里出去吗？"

罗希尼说："我也不知道。这里所有的仆人都走了。"

阿凡提非常奇怪："他们都去哪里了呢？"

罗希尼说："其实我也不清楚，他们说是国王命令他们离开这里的。"

阿凡提连忙问："你说的是哪一个国王呀？"

罗希尼这次更加迷惑了："他们也不知道是哪个国王。"

阿凡提心事重重地说："这下情况可糟糕了，我必须马上离开这里。我还是自己去找出路吧。"说完，他便急急忙忙地走了。

罗希尼自言自语地说："我去哪里才能把国王找出来呀？当我按照王后的命令去给他送花的时候，他没有什么反应啊。但是他为什么又赏给我礼物？这真是太奇怪了。怎么现在荒野里的鸟儿们都被吓走了呢？到底什么事情让它们也预感到了不妙呢？平常这个时候鸟儿们都非常安静的。花园里的那些鹿怎么也开始烦躁不安了呢？今天晚上可真是一个非常诡异的夜晚。"

就在她发愣的时候，天空蹿起了一道火光，那火光让她感到毛骨悚然，就好像太阳突然从天上掉下来了一样。罗希尼紧张地说："难道是神发狂了？这也太可怕了。我应该去哪里找国王呢？"她连忙跑了出去。

假国王看到花园的四周都燃起了大火，就找到康齐说："你看看你都做了些什么？"

康齐说："我只是想把靠近皇宫的这部分花园点着，但没想到火势蔓延得太快了。你快告诉我，我们应该从哪里出去？"

假国王说："我怎么知道？跟我们来的人全都被吓跑了！"

康齐发火了："你是这个国家的人，你怎么会不知道呢？"

假国王带着哭腔说："我可从来没有来过王宫花园。"

康齐说："我不管，你必须把我带出去。不然，你就死在这儿吧！"

假国王哭着说："国王您在哪里呀？您快来救救我们吧。我居然背叛了自己的国王，您惩罚我吧，但是一定不要杀我。"说完，他跪在了地上，浑身开始颤抖。

康齐非常生气："你在这里哭喊有什么用呢？还不如现在赶紧想办法逃出去。"

假国王依旧浑身颤抖着："我现在已经站不起来了，走不了了。你想怎么样就怎么样吧！我现在已经完全没有希望了。"

康齐催促道："你看看你这副样子。要是我在这里被烧死了，你也别想逃走！"这个时候，传来了附近很多人的哭喊声："国王快救救我们吧，我们被大火困住了！"康齐又急着催促假国王："你这个笨蛋，赶紧爬起来，没有多少时间了。"可是假国王还是瘫倒在地，一动不动。

这个时候，苏达沙那王后跑了过来。她对假国王说："国王，请您赶紧想办法救救我吧！大火已经把我困住了！"

假国王说："你说谁是国王？我可不是国王！"

王后吃惊地说："你不是国王？"

假国王把头上的金冠拿了下来："我是个彻头彻尾的假国王，我完

全就是个大骗子！"说完，他和康齐一起逃走了。

王后惊呼了起来："天哪！他竟然是个假国王。火神啊，你还是把我烧死在这儿吧。我愿意马上化成灰烬，投入你的怀抱，让你来烧尽我所有的耻辱和欲望。"说完，王后冒着大火准备回皇宫去。

这个时候，罗希尼慌张地来到王后身边，说："王后，您现在要去哪里呀？大火马上就蔓延到皇宫了。"

王后疯疯癫癫地朝着皇宫里跑去，一边跑一边还念叨着："我要冲到大火中去，让大火把我烧死！"看到王后这个样子，罗希尼只好自己跑开了。

王后跑回了皇宫里，没想到却碰到了国王。国王对她说："别害怕，火是烧不到这里来的。"

王后羞愧地说："我害怕的不是外面的火，而是我内心的那股耻辱之火。这把火已经把我的眼睛、脸，甚至我的心都全部烧焦了。"

国王安慰她说："没事的，你心里的这把火过一阵子就会熄灭的，你也会再好起来的。"

王后说："这把火永远都不会熄灭，永远不会！我的脖子上现在还戴着别人的项链！"

国王对她说："不要惭愧，这根项链也是我的，是假国王从我这里偷走的。"

王后听到这句话更加羞愧了："这是那个假国王送给我的礼物，我却没有勇气把它扔掉。我想过把它扔进大火，可是我做不到，我对自己说就戴着这串代表耻辱的项链毁灭吧。我已经分不清内心到底烧的是什么火了。我现在就像一只飞蛾，想要奋不顾身地跳入这火焰中。这种感觉实在是让我太痛苦了，我的心里非常烦躁，这把火会伴随着我的生活，一直烧下去的。"

国王对她说："可是你最终如愿看到了我的样貌，应该满足了。"

王后说："我经历了这么多可怕的磨难才真正找到您，我现在都不是很清楚，我到底有没有看清您？总之，我觉得这一切都非常可怕。"

国王说："那你看到了什么？"

"我看到您的脸非常可怕，已经可怕到让人不敢去回想。我只是在火光里看了您一眼，您那么黑，跟漆黑的黑夜一样。我只好闭上了自己的眼睛，不敢再看了。那种感觉就好像是飓风肆虐过的天空，或者说是暴风雨中的大海，您的脸在火光里显得非常的怪异。"

国王对她说："我早就跟你讲过了，除非你的心里早就做好了最坏的打算，否则你是没有办法接受我的容貌的。你一定会被我吓得躲得远远的，虽然你见过很多可怕的事情。可是，我还是想要让你慢慢地接受我的样子，不想让你感到太突然。"

王后说："可是我内心的罪恶让我无法理解您，我也无法跟您在一起了，我已经失去了所有的希望。"

国王对她说："不要担心，总会有这么一天的，你会理解我的。今天，我的样貌让你受到了惊吓，总有一天它会成为你内心的慰藉和解脱。希望我对你的爱能够深入到你的心里。"

王后哭诉道："不可能了，您再爱我也是徒劳了，我已经背叛了您。我被那美丽的外表迷惑，最终让自己的眼睛受到了欺骗，让自己的灵魂也受到了创伤。我向您坦白，您应该惩罚我，不管怎样，我都接受。"

国王说："你现在已经遭受内心煎熬的惩罚了。"

王后说："就算您不赶我走，我也会主动离开的。虽然您贵为国王，可是有些事情您却是没有办法掌控的。"

王后继续说："事实上，我接受不了您的样貌。我甚至感到生气，您为什么要这样对我？为什么这样的您在别人的口中却是美丽的？明明我看到的是漆黑无比的您。我再也没有办法喜欢上您了。我曾经见过的那个国王，他是那么白嫩，那么的美丽，就像一朵花儿一样，又像花蝴蝶一样。"

国王说："你不要再沉迷于自己的那种虚假的幻想中了，那只是一个美丽的肥皂泡。"

王后说："现在我已经顾不上这么多了。总之，我再也没有办法接近您了，我要离开。让我和您在一起是不可能的。即便在一起，那也只能是貌合神离，我的心里会想着别人的。"

国王说："你就不想试着接近我一下吗？"

王后说："我已经尽力了，可是我越想接近您，我的心里对您就越反感。如果我强行跟您待在一起，那我内心因背叛而产生的羞耻感会时刻缠绕着我的。"

国王说："那好吧，你现在想离我多远就走多远吧！"

王后突然歇斯底里地说："我怎么可能就这样从您的身边逃走呢？您为什么不阻拦？您为什么不把我抓回来，然后狠狠地惩罚我一下，不让我离开呢？您为什么不惩罚我呢？您现在的态度更让我发狂，让我无法忍受！"

"你怎么知道我是不是真的想以这种消极的方式应对呢？你怎么知道我是不是真心地想留住你呢？"国王深情地说。

"别说了，我一点儿都不想听这个！我现在宁愿您用最严酷的刑罚来惩罚我，用如雷霆般的声音来命令我。您甚至可以把我强迫留下，总之，我不能就这样逃离。"王后大声喊道。

国王说："我可以给你自由，但是我不想让你离开我。"

王后说："您不想让我离开您？那好，我一定要离开您！"

国王没有办法了，只得说："那你走吧。"

王后又说："您不要怪我，是您不出手阻拦我的。我真的要走了，您不会突然命令您的士兵拦住我吧？"

国王说："这里不会有人阻拦你的，你可以像一阵飓风一样自由地离开。"

王后又开始歇斯底里了："我没有办法再忍受了！我心里有一股执念，我一定要离开这里。或许我会从此一蹶不振，但是我肯定不会再回来了。"说完，王后哭泣着跑了出去，国王也叹息一声，离开了。

这个时候，宫女苏任加玛进来了。她一边走一边说："您为什么要送我走呢？您故意让我离开，但是我还是要回来。国王啊。您到底对国家做了什么呢？"

随后，王后又哭喊着回来了。可是她跑进来以后，却只看到了宫女苏任加玛。宫女对她说："国王已经离开了。"

王后低语道："他走了？那他是不是永远地把我抛弃了？我现在已经决定要回来了，难道他都不愿意再多等我一刻吗？现在我真的完全自由了。苏任加玛，国王是不是让你把我留住？"

宫女如实地回答说："国王什么都没说，默默地离开了。"

王后失落地说："那他对我说那些话做什么？他又凭什么爱我呢？我现在彻底自由了。可是，苏任加玛，我问你，国王有没有处死过犯人？"

宫女说："您说死刑？我们的国王从来不会判处一个人死刑。"

王后又问："那些密谋拥立假国王的人最后都怎么样了呢？"

"那些人最后都被国王释放了。康齐承认自己失败了，国王就放他回国了。"

王后说："那我现在放心了。"

宫女看着王后，说："王后，我想跟您提一个请求。"

王后说："你也不必这么说。国王赏赐给我的珠宝首饰，我都可以送给你，那些我再也不需要了。"

宫女说："王后，我想要说的不是那些。比起华丽的金银珠宝，我更喜欢朴实无华。主人从来不会赏赐我什么首饰，也从来没有给过我任何可以在人们面前炫耀的东西。"

"那你想请求什么呢？"

"我想要跟您一起走，王后。"宫女说出了自己的请求。

王后对她说："你为什么要提出这样的要求？你跟着我就肯定会离开你的主人，你可要考虑清楚了。"

宫女说："并不是我要远离他，是国王不放心您一个人离开，我需要在您的身边保护您。"

"你别胡说了，孩子。"王后说，"起初我想带着罗希尼一起走，可是她不愿意。你为什么会有跟随我的勇气？"

宫女说："我并没有多大的勇气。只是我一想着要跟随您、保护您，这勇气自然而然就来了。"

王后拒绝了她："你不要跟着我，你在我身边会让我时刻想起我受到的那些屈辱。我没有办法忍受。"

"王后，其实我跟您感同身受，我已经把您当成是我自己了。您又何必把我当一个外人呢？我现在已经决定要跟随您了。"宫女坚决地说。

王后只好带着苏任加玛离开了皇宫，回到自己父亲的王国里。当王后的父亲堪亚库普听说女儿回来的时候，一点儿都不高兴，甚至还觉得女儿的做法让他很失望。因为他早就知道女儿为什么会回来了。

大臣们对堪亚库普说："公主现在已经来到了护城河边上，我们是不是应该派人去迎接她？"

堪亚库普愤怒地说："这种背信弃义的人，抛弃了自己丈夫后回来，难道还要大张旗鼓地去迎接？难道她的所作所为还不够丢脸吗？"

大臣犹豫了一下，又问："那我们在皇宫里给公主收拾出一间屋子住吧。"

"这也不行。她回来后就不再是公主了，她得像侍女一样辛勤劳作。谁让她就这样抛弃了自己王后的宝座呢？"堪亚库普还是非常生气。

大臣劝他："陛下，她毕竟是您的女儿。您这样对公主是不是太不近情理了？"

"正因为我是她的父亲，我就得让她吃点儿苦头。"堪亚库普根本就没有消气的意思。

大臣说："那我就按照陛下您说的去做了。"

堪亚库普对大臣说："不能让这个国家的人知道她是我的女儿，否则会惹来很多的麻烦。"

大臣感到不解，问道："陛下，您到底在害怕什么呢？"

国王对大臣说："一位王后没有做到自己真正应该做的事情，就一定会带来灾难。现在，我的这个女儿已经把灾难带到家里来了，我一想到这个就觉得非常可怕。"

于是，王后在她父亲和大臣的安排下，成了一名苦役。在辛勤的劳作中，她的内心又开始挣扎起来。王后冲着苏任加玛大喊道："你离我远一点儿！我现在已经压不住内心的火了，看着谁都觉得烦。你这样无条件地服从，让我的心里更加烦躁。"

苏任加玛说："王后，您到底在生谁的气呢？"

王后说："我也不知道。总之，我觉得这一切都被我自己给毁了，我感觉天都塌下来了。我失去了王后的地位，转瞬之间就变成了一个奴仆，待在这个暗无天日的洞穴里流汗流泪。为什么全世界不会因为我的忧伤而燃烧起来呢？为什么大地不会因此而颤动起来呢？我的失势就像一片小小的花瓣落入水面一样，没有激起一丝涟漪，也没有人想理会我。我就像从天而降的流星，把自己的天空烧成了两半。"

苏任加玛安慰她说:"事情没有您想得那么严重,就像森林里的大火也是先冒起烟,最后才会燃烧成熊熊大火。"

王后又说:"我放弃了自己王后的身份,丢弃了自己所有的名誉和荣耀。现在我觉得太孤单了,没有什么东西陪伴着我,这种孤单的感觉真的很可怕。"

"您并不孤单。"苏任加玛安慰她说。

王后说:"苏任加玛,我不会对你隐瞒我内心的真实想法。当那个假国王把皇宫点着的时候,我竟然觉得这没有什么错。我的内心甚至有一种快感,我竟然觉得这样的罪恶行径非常伟大、非常光荣。那把火把我的精神点燃,让我觉得自己从中获得了勇气。这种快感甚至让我忘记了一切。可那终究只是我的幻想罢了。他为什么不来找我呢?"

苏任加玛说:"其实那把火不是假国王点的,是康齐点的。"

王后说:"原来他是一个胆小的人。即便有那么英俊的外表,可是一点儿男子气概都没有。我就因为这么一个一文不值的小角色而上当受骗,实在是太耻辱了。苏任加玛,你觉得国王是不是应该把我接回去呢?"

苏任加玛不知道怎么回答,一下子沉默了。

王后又说:"你以为我很想回去吗?才不是!即便国王现在真的来接我,我也不会跟他走的。我走的时候他一点儿都没有阻拦,甚至还把所有的大门都敞开着,让我离去。我走在皇宫的那条石头路上,心里一点儿感觉都没有。那条路就像国王的心一样坚硬冰冷,任何人走在那条路上都有我一样的感觉。你为什么不说话了?我告诉你,你的国王简直就是一个残忍冷酷无情的人。"

苏任加玛说："所有的人都知道国王冷酷无情，他不会因为任何人改变的。"

王后说："那你为什么还这么忠心地追随他？"

苏任加玛说："我希望他可以永远保持这样的冷酷无情，不要被我的眼泪和祈求动摇。虽然这会让我感到悲伤，但是他可以继续保持自己的本心。"

王后沉默了一会儿，突然对苏任加玛说："你看，那边的地平线上好像飞扬起了尘土。"

苏任加玛说："是的，我也看到了。"

王后说："那是车马和旗帜扬起来的尘土吗？"

苏任加玛回答："是的，我确实看到了旗帜。"

王后激动地说："那么，是他来了吗？他终究还是来接我了。"

苏任加玛问道："您口中的'他'是谁呢？"

王后说："还能是谁？当然是我们的那位国王了。很难想象没有我这段日子他是怎么忍受过来的。他竟然忍受了这么多天！"

苏任加玛说："我猜不是的，应该不是国王。"

王后愤慨地说道："真的不是吗？你为什么这么肯定？你知道你的国王是这样的冷酷无情，是吧？我倒是要看看他到底有多冷酷无情。我从一开始就知道，他肯定会来找我的，他会飞快地奔到我的面前。你就看着他到时候是如何向我承认自己失败了。苏任加玛，你出去看一下，如果是国王来接我，我是坚决不会出去的，永远不会！"

苏任加玛去查看情况了，王后一个人留在那里，内心激烈地斗争起来。过了一会儿，苏任加玛回来了，说："王后，来的那个人不是国王。"

王后大怒："不是国王！你确定吗？他真的没有来吗？"

苏任加玛说："我确定他不是国王，国王出门的时候，从来都不会这么张扬，而且谁也不可能知道国王会什么时候来。"

王后追问："那么，来的人是谁？"

苏任加玛说："是那个假国王，他和康齐一起来的。"

王后说："你知道那个假国王的名字吗？"

苏任加玛说："他叫苏伐那。"

王后说："没想到来的人竟然是他！他居然来救我了，他就是我心目中的英雄。苏任加玛，你以前见过苏伐那吗？"

苏任加玛为难地说："王后，我在父亲家的时候见过他，那个家伙就是一个赌鬼。"

王后却打断了苏任加玛："你不要再说了，他现在就是我心中的英雄，是我的救星。不管他的过去是什么样的，我知道他现在是什么样的人。你看看你们的国王是什么样的人。我现在落魄到如此地步，他却完全没有想过要来救我。他不能怪我，我是绝对不可能像一个奴隶一样，在这样的地方屈辱地待一辈子。我才不要像你一样顺从他。"

王后的想法变来变去，就连苏任加玛都不知道应该怎么说了。康齐王子确实来了，他是来见堪亚库普的。

堪亚库普派使者来见康齐，康齐对使者说："对你的国王说，不要用这些繁文缛节来招待我。我只是在回国的路上经过这里，想把苏达沙那王后解救出来。"

使者对他说:"公主殿下就在她父亲的王国里,还需要您来解救吗?"

康齐说:"只有那些还没有嫁出去的女儿,才可以待在自己父亲的家里,她现在只是苦役。"

使者回复说:"可是她并没有和自己的父亲断绝关系。"

康齐威胁说:"如果你们的国王不答应把女儿交给我,那我只好用武力来让他屈服了。这是我最后的底线,你把我的话带给你的国王吧!"

使者义正词严地说:"殿下请不要忘记,我们的国王也能动用武力,他绝不会因为你的几句恐吓就献上自己的女儿。"

康齐得意地说:"那你就告诉你的国王,我早就知道他会这样讲了。"使者愤怒地离开了。

苏伐那对康齐说:"我们这样是不是太狂妄了?"

康齐说:"如果一点儿风险都不冒,那还有什么意思?"

苏伐那说:"我们这样对堪亚库普发起挑战并不是什么难事,但是……"

康齐打断了他的话:"如果你在做任何事之前都会想到'但是',那你就什么事都做不了。这个世界上的所有事都是有风险的。"

这个时候,康齐的手下来报说:"殿下,我们得到了最新的消息,寇沙拉、阿凡提和卡林加几位王子带着军队来这里了。"

康齐挥挥手,屏退了手下说:"我最担心的事情还是发生了。苏达沙那王后出走的消息,现在已经尽人皆知了。我们可能会面临一场混战，到最后，说不定我们所有的计划都是徒劳无功的。"

苏伐那说："那我现在是没有什么办法了？这个消息肯定是国王自己派人到处散播的。"

康齐问："他散播这个消息，对自己有什么好处呢？"

苏伐那说："他就是要让这些贪婪的人互相争夺，互相拼杀，自己坐收渔翁之利。"

康齐若有所思地说："我现在终于知道你的国王为什么从来不在自己的国家露面了。他就是想把自己隐藏起来，这样他就可以随时随地出现在任何地方，制造出成千上万种恐慌混乱，人们因此也不敢轻举妄动。不过，我还是觉得你的国王其实根本就不存在，他的那些形象都是人们凭空想象出来的。"

苏伐那突然感到一阵战栗，他请求康齐说："殿下，您放我走吧！"

康齐说："你现在还不能走，在这个计划里面，你还有一些利用价值。"

这个时候，手下向康齐汇报："殿下，维拉提、潘加拉和维达巴几位王子带着军队到了，他们就在河的对岸驻扎下来了。"

康齐不耐烦地挥挥手，让手下退下。

接着他对苏伐那说："现在我们需要同心协力，把堪亚库普的军队先解决掉，然后再想办法对付那几位王子。"

苏伐那现在已经非常害怕了，他说："这件事情我一点儿都不想再参与了，希望您能够放过我。我只是一个可怜的、地位低贱的冒牌国王。他们能轻易地就把我灭了，我实在没有什么能力能够帮助您。"

康齐对他说："在我的计划里，你是有利用价值的，你起码不会像你的国王那样，让人真假难辨，让人永远都看不到真相。"

苏伐那非常无奈，只好保持沉默，但是他满脑子都在想着要怎样离开这个地方。

康齐和堪亚库普的战斗马上就打响了，双方军队的厮杀非常激烈。

王后听到消息后，担心地说："在开战之前，父亲就对我讲过，因为我离开了自己的丈夫，所以引来了七个敌人。我现在恨不得把自己分成七块交给这些人。要是父亲真的愿意这么做，情况反而会更好一些。苏任加玛，你说是吗？"

苏任加玛犹豫地说："可能是吧。"

王后又想起了国王："如果国王现在知道我的处境，会不会想办法来救救我呢？"

苏任加玛说："王后啊，这种事情您怎么能问我呢？我可没有办法替代国王来回答您的问题。再说了，我并不是非常了解他，所以我没有办法对这件事情妄加判断。"

王后激动地说："这一切都是因我而起，我早就该自己了断了。国王啊，您就算不为了我，也要帮帮我的父亲啊。这样做会使您得到更崇高的赞誉。苏任加玛，你确定国王没有来这里吗？"

苏任加玛说："其实我也不是很清楚。"

王后突然想起了一件事："好像自从我来到这里以后，每天晚上都能够听到有人在我的窗户附近弹奏七弦琴。"

苏任加玛说："那或许只是一个爱好音乐的人在附近弹奏罢了，跟您没有什么关系，您不要再胡思乱想了。"

王后继续说："我的窗户附近是一片大森林，每次我听到那琴声，就想知道是谁在弹奏，可是我没有办法看到弹奏的人。"

苏任加玛说："说不定只是一个过路人来到树下，随手就弹奏了起来。"

王后说："也许是吧。但这又让我想起以前我居住的皇宫里的窗户了。每天晚上，我卸妆以后总是喜欢站在窗前，虽然我身处一片漆黑的环境，但是隐约可以听到如泉水般流淌的歌声和乐器声。我的心也跟着旋律跳动颤抖，并因此激起无尽的热情。"

苏任加玛说："是啊，黑暗中的皇宫就是如此的宁静和温柔，如此的神秘而奇妙，我也很喜欢当时的生活呢。"

王后问她："那你为什么要离开那个漆黑的暗室追随我呢？"

苏任加玛说："因为我觉得国王肯定会悄悄地跟着我们的，他肯定会带着我们回去的。"

王后悲伤地说："不可能的，他不会再来了。他会永远地离开我们，他一定会这么做的。"

苏任加玛安慰她："如果国王真的把我们抛弃了，那我们还需要他来做什么呢？如果他不为我们考虑，那他的那间暗室就会更加空虚，再也听不到七弦琴的声音了。还有，那间屋子里不会再有人喊出你和我的名字，那一切都会变成像梦一样的幻象。"

她们正说着，有人来找王后，王后问他："你是谁呀？"

那人回答说："我只是皇宫里的一个看门人。"

王后说:"你是不是有什么消息要告诉我?"

看门人说:"您的父亲战败被俘了。"王后听到这个消息,大叫一声晕倒在地。苏任加玛连忙去唤醒她。

在康齐的军营里,苏伐那再次劝说康齐把自己放走,他对康齐说:"现在的情况是不是不用再打仗了?"

康齐说:"不用再打了。我现在已经和几位王子商量过了,王后只会接受国王一个人,其他的人再怎么争也是徒劳的。"

苏伐那高兴地说:"这么说您也不需要我了,殿下您把我放走吧。我如今也帮不了您什么忙。我现在已经被这一连串的祸事给吓傻了,真的没什么用了。"

康齐说:"你还可以站在我的身后帮我撑伞。"

苏伐那哀求道:"您让我做什么都可以,但是您这么留着我,对您有什么好处呢?"

康齐说:"你这个人虽然胸怀大志,但是你的愚蠢导致你什么事也做不了。难道你没发现吗?王后其实对你有一些好感的。只要你还在我这里,那王后将来一定不会改嫁给其他王子,她肯定会来找我。"

苏伐那想了想说:"殿下,您对我抱有太多不切实际的幻想了。我求求您不要再让我充当您幻想中的这个角色了。我真心地恳求您把我放走吧。"

康齐说:"只要我的计划实现了,肯定一秒钟都不会让你多留。如果我的目的达到了,那还留你这个没用的人干什么呢?岂不是自寻烦恼吗?"说完,他得意地笑了起来,苏伐那却是一脸悲苦。

王后被苏任加玛救醒以后，就听到了康齐要求她去见几位王子的事情。她问苏任加玛："我是不是必须到那些王子那里，他们才会把我的父亲放回来？还有其他的办法吗？"

苏任加玛说："康齐说只有这一种办法。"

王后气愤地说："他一个野心勃勃的外来人，竟然能说出这样的话！这是他亲口所说吗？"

苏任加玛说："我不知道，是假国王苏伐那传来的话。"

王后叹了口气："我的命可真苦啊！"

苏任加玛又说："那个假国王拿出一些已经完全干枯的花，对我说这是王后当时送给他的节日礼物。在他的心里，这些花儿永远都不会凋谢。"

王后听完这些话更加生气了，说："住口！不要再说了！你居然还在刺激我！"

苏任加玛说："王子们现在都在皇宫的会堂上等着您呢，他们每个人的王冠上都戴着一串花环，没有戴花环的那个人就是康齐王子。苏伐那站在康齐王子的身后帮他撑伞。"

王后说："你怎么知道那个人就是苏伐那？你确定是他？"

苏任加玛说："是的，我一直知道是他。"

王后说："这个人和我在节日里看到的样子已经大不相同了！那个时候，我看到的是一个神秘又美丽的人，他那时就像一股清风。怎么会是他呢？那个人怎么会是他呢？"

苏任加玛说："那个人长得确实很好看，大家都是这么说的。"

王后又愤慨地说："我为什么会被这种表面的美丽所蒙蔽呢？我要怎样才能把我那被污染的眼睛洗干净？"

苏任加玛说："您必须身处在无边的黑暗中，才能让自己的眼睛得到清洗。"

王后叹息着说："苏任加玛，你说说看，一个人怎么会犯这种愚蠢的错误呢？"

苏任加玛说："那是因为这个人在犯错之前，他就已经开始自我毁灭了。"

这时，使者来见王后："公主，王子们已经在等您了！"

使者出去后，王后对苏任加玛说："你把我的面纱拿来吧。"苏任加玛便转身拿东西去了。

王后再次陷入了悲痛中："我亲爱的国王啊！唯一的国王！您怎么可以这样对我？您就这样把我抛弃了吗？您难道不知道我内心最真实的想法是什么吗？"说完，她从自己的怀里掏出了一把尖刀，暗自下了决定："既然我遭受了这么大的耻辱，那么今天我就要在几位王子面前用这个来洗刷。国王啊，您永远不会知道我内心还尚存一些纯洁的东西。那些东西只有您见过，现在我只好自己保留了。我亲爱的国王，我的心里从来没有让别人住进来过，现在您是不是不愿意走进它了？那么好吧，让死亡来打开我的心门吧。因为死亡就如同您的样貌一样，虽然漆黑，但也美丽。我终于可以和您在一起，我们终将合二为一了！"

此刻，王子们在会堂上都等得不耐烦了，维达巴突然对康齐说："你身上怎么不带任何装饰呢？"

康齐对他说："因为我对这件事情完全就没有抱什么幻想。如果失败了，那些所谓的装饰只会让我更感耻辱。"

卡林加笑着说："不过，站在你身后给你撑伞的那个人倒是仪表堂堂。你看他浑身上下都是珠光宝气的。"

维拉提也接过话来说："康齐觉得外表的华丽对他来说完全没用，他只要有一颗骄傲勇敢的心就够了，还需要什么装饰吗？"

寇沙拉说："他可没安什么好心。他只是想在诸位王子之间表现出他的不同，用朴素来凸显自己的那种威严和庄重。"

潘加拉也加入了众王子的讨论："这件事情康齐做得简直太漂亮了。女人就像飞蛾一样，她们只会扑向金银珠宝散发的火焰。"

卡林加说："我们还要等多久？"

康齐回答说："别着急啊，心急吃不了热豆腐，卡林加。"

卡林加说："要是我确定自己能吃到热豆腐，我当然会耐心等待了。不过我知道自己没有任何希望，只是想见见她而已，并没有什么别的要求。"

康齐故作深沉地说："你现在还很年轻，没有这次机会，还会有别的机会。不像我们，机会错过了一次就少一次。"

寇沙拉说："康齐，你有没有感觉到你的座位在摇晃？是不是地震了？"

康齐说："地震了？我没感觉啊。"

维达巴若有所思地说："看来有大批的军队赶到了这里。"

卡林加不屑地说："你的推理虽然听起来毫无破绽，不过在传令官或者使者到来之前，推理还不能成立。"

维达巴却不顾他的嘲讽，继续说："总之，现在的这种现象就是一种不祥的预兆。"

康齐对此感到很不屑："你们简直是风声鹤唳、草木皆兵！你们的胆怯和恐惧让你们变得战战兢兢。"

维达巴继续反驳："除了无法抗拒的命运之外，我可从来没有惧怕过任何东西。在这样强大的命运面前，讲你的胆量和英雄主义不是太可笑了吗？"

潘加拉不耐烦地说："维达巴，这里的气氛被你这不合时宜的话语全部给破坏了。"

康齐说："我从来不相信所谓的命运，我只接受眼前所看到的事实。"

维达巴严肃地说："等到悲惨的事实真正发生的时候，你再后悔就来不及了。"

潘加拉轻松地说："我倒是觉得今天的日子挺吉利的，肯定不会发生什么事。"

维达巴对潘加拉说："难道在吉利的日子里就不会发生意外吗？一直自我感觉良好，这对你没有什么好处。虽然有的时候我们确实可以逢凶化吉，可是当遇到毁灭性的打击时，我们的这些行为往往都是毫无作用的。"

卡林加这个时候突然说话了："你们听外面是不是有音乐声？"

“也许是苏达沙那王后来了。”康齐又转身对苏伐那说，“到时候你可别只会缩在我身后当胆小鬼啊。打起精神来，我看到你的手都已经在发抖了。”

但是，进来的并不是王后，而是他们那天在月圆节的庆祝会上碰到的那个老人，此刻的他穿着一身戎装走了进来。卡林加大声喊道："你是谁？你来这里做什么？"

潘加拉也说："你怎么可以这么大胆？没有经过我们的允许，你就进来了。"

维拉提说："这个人简直目中无人。卡林加，你还不赶快派人拦住他！"

卡林加却非常镇定，说："我们这群人当中，数我最年轻。你们为什么不先去阻拦呢？"

维达巴劝阻道："大家都别说了，先看看他想要做什么吧！"

老人走到了大家面前说："国王陛下到了！"

维达巴大吃一惊，但是他还想确认一下："国王？"

潘加拉也急忙追问道："你所说的是哪一个国王？"

“我说的当然是我们的国王了。”老人自豪地说。

卡林加还是非常不明白："他是谁？"

寇沙拉说："你什么意思？"

老人回答说："国王想要请你们到他那儿去。"

康齐终于说话了："他叫我们去？是真的吗？他又凭什么叫我们去呢？"

老人说："去不去是由你们自己决定的，没有人会强迫你们。国王已经准备好适合你们各自的东西来迎接你们了。"

维达巴问："你到底是他什么人？"

老人说："我只是他手下的一个将军。"

康齐不相信他是将军："一看就知道你是在撒谎，别以为你穿成这样就能吓唬到我们。我们又不是没见过你，不要在我们面前冒充将军。"

老人对康齐说："我们的确见过面，以我的身份确实不配做国王的将军。但是我的确是奉了国王的命令，穿着盔甲来到这里的。国王并没有选择那些骁勇善战的勇士前来，却选择了我。"

康齐也不再问他了，说："好吧，我们会抽空去向国王致敬的，只是现在我们有更重要的事情要忙，让他等我们结束之后再见面吧。"

老人说："我们的国王一旦下达了命令，是没有耐心去等待的。"

寇沙拉忍不住了："好吧，我会服从他的，我愿意立刻赶过去。"

维达巴也跟着说："我觉得等咱们的事情办完再去很不合适，还是现在就去吧。"

卡林加也附和道："我比你们年轻，我要跟你们一起去。"

这个时候，潘加拉提醒康齐说："看看你身后，给你撑伞的那个人早就趁乱逃跑了！"

康齐只好说："将军，我现在也会去见你们的国王。但是，并不是为了向他致敬，而是要向他宣战！"

老人面不改色地说："你会如愿以偿地在战场上见到他的，那里也是国王选择招待你的好地方。"

维拉提看到康齐的态度，随即说："各位王子，我们现在都没有见到他，就被自己想象中的国王给打败了。你们看看康齐王子，他现在的做法可能才是最有利的。"

潘加拉也马上改变了主意："是！眼看我们的计划就要达成了，如果就这样放弃的话，那简直显得又胆小又愚蠢。"

卡林加反应也不慢，说："我现在决定跟随康齐王子。他肯定有周全的计划，否则他不会这样大胆的。"

于是，几位王子召集了自己的军队和国王展开了一场混战。但是，几位王子的军队就像一盘散沙，没有几个勇敢向前进攻的士兵，还没正式开打就吓得跑了。在战场外围的军队一直犹豫着不想参战，所以一下子就被国王强大的军队给打败了。虽然康齐的战斗力非常勇猛，但他也战败了，他中箭倒地时，眼里充满了惊恐。其他的王子看到这样的场景，一个个都如惊弓之鸟一般逃命去了。

接下来，康齐和所有的王子都被国王抓住了。康齐被医生救活了，只是从此以后他身上都会带着那代表耻辱的伤疤。国王没有置康齐于死地，而其他的王子，也受到了国王法官的审判。

当王后听说国王胜利之后，连忙让苏任加玛去打听国王的行踪，希望国王能够来接她。但是国王没有来，那个老人来了。

王后见到老人说："听说您是国王派来的，请您接受我的敬意。"

老人说："王后，请您不要这样，我从来不会接受任何人的敬意。我把任何人都当作是我的朋友。"

王后就说："那我希望您能给我带来好消息，国王打算什么时候来接我呢？"可是老人也不知道国王去哪里了。王后问老人："那国王是已经离开了吗？"

老人回答："事实上，我连他的影子都没有见到。"

王后又开始叹息道："他就这么离开了！你看他是这么的冷酷无情，他的心就跟钻石一样硬。我曾经想要用我的心去感动他，宁愿用我的刀刺破自己的胸膛，可是他完全不为所动。老爷爷，请您告诉我，要怎么做才能和这样的人成为朋友呢？"

老人回答她："我想，首先要能够理解他，就像我这样。"

王后说："那他会不会让我也能理解他呢？"

老人说："肯定会的，他非常乐意。"

王后说："好吧，我现在想看看他到底有多冷酷。我就在这里等他，看他到底来不来接我。"

老人说："你现在还年轻，可以在这里一直等着他，可是我已经老了。时间对我来说过去一秒就少一秒，我必须回国去了。"说完，老人就离开了。

王后又开始犹豫起来，她既觉得国王是冷酷无情的，又觉得国王和几位王子打仗，好像是为了自己。最后，王后决定主动回去寻找国王。

这天晚上，老人在回国的路上碰到了康齐。老人问："康齐，你怎么会在这里？"

康齐说："是你们的国王想送我离开这里。不过，现在又没有人能够找到他了。"

老人说:"他向来乐于做这些事情。"

康齐说:"当我对他表示不敬的时候,他就像一阵风暴一样,把我的军队给吹散了。可是当我想向他表示敬意的时候,他却没有了踪迹。"

老人说:"王子,你怎么会在半夜里赶路呢?"

康齐说:"我这不是怕人耻笑嘛。毕竟我是被国王打败了,才打算向他表示敬意的。"

老人安慰他说:"人都是这样的。明明是令人非常感动的事情,却只能换来他人的嘲笑。"

康齐反问:"老爷爷,你怎么会在夜晚赶路呢?"

老人说:"因为我要快点儿赶到那片快乐的土地。"说完,他唱着快乐的歌,继续向前走去。

王后苏达沙那和宫女苏任加玛也连夜赶回国。王后边走边对苏任加玛说:"我昨夜边哭边想,从前的我简直就像一块铁一样骄傲。我从来没有明白一个道理,那就是我应该回到国王那里去,而不是指望着国王来接我。那整夜呼啸的风,就是他对我的呼唤,他让我的心一点点地变软了。"

苏任加玛对她说:"昨天夜里对我来说也是沉重忧郁的一个晚上。"

王后又说:"但是你相信吗?我似乎听到了七弦琴的声音,是国王弹奏的吗?世人只知道我的耻辱,但是我已经能感受到他在夜里对我的呼唤了。苏任加玛,你能听到那阵琴声吗?当然,或许这也只是我的幻想。"

苏任加玛说："我也是听到了那阵琴声，才决定跟随您的。我听到了，这是一阵呼唤，我知道他迟早会来消除这一切爱的隔阂的。"

王后说："他终于指引我走上了回国的路，我不会再反抗了。等我再次见到他的时候，我一定会告诉他：'我是自愿来找您的，而不是等着您来找我。即便我一路都在痛哭流涕，但为了您，我愿意踏上回国的路。'当我见到他的时候，心里还是有一点儿骄傲的。"

苏任加玛对她说："您会连这份骄傲也失去的，因为是他先来的，否则现在的您怎么会在回国的路上呢？"

王后说："或许是他先来的。当我觉得自己被他遗弃时，我确实还心存一丝骄傲。但当我把这份骄傲扔掉的时候，当我真正踏上回国之路的时候，我就感受到，其实他已经来了。他确实悄悄地来过，所以现在应该换我毫不犹豫地回去找他。苏任加玛，你看，这么晚了，我们在路上还能遇到别人。"

苏任加玛抬头说："我看清了，那个人是康齐王子。"

王后惊呼一声："康齐王子！"

康齐也看到了王后，大喊道："王后，请您不要害怕！"

王后说："我已经不再害怕了。"

康齐来到了王后身边："我们现在只是同路的旅客，所以请您不要害怕。"

王后感慨地说："谁会想到我们会在这里同路呢？"

康齐说："王后，您怎么可以自己走呢？让我给您叫一辆车吧。"

王后说："我一定要步行过去，坐车的话，我是不会感到快乐的。"

于是，康齐陪着王后和苏任加玛一起来到了国王的皇宫前，老人出来迎接他们。他对王后说："我的孩子，黎明就要来临了。"

王后对他说："托您的福，我才能在黎明之前就到达，我终于来到这里了。"

老人说："您看，国王真的是太没有礼貌了，他竟然没有想着派车辇和仪仗来接您。"

王后说："天边的那片红霞和空气中的阵阵花香，就是他给我最华丽的排场。"

老人又说："我怎么可以忍心让王后穿成这样就回皇宫呢？让我去把您的王后服抱来吧。"

王后阻止了他："不要，我已经不是王后了，我现在是他的奴婢。"

老人说："可是大家都会嘲笑您的。"

王后说："随便他们怎么嘲笑吧。他们扔在我身上的土，我会当成是朝拜国王前扑在身上的香粉。"

老人说："既然这样，那我就不会再说什么了。我们就再跟国王玩一次抛撒红粉的节日游戏吧，他肯定会被我们弄得满身尘土。"

康齐接着说："老爷爷，我也想参加，我要把我的衣服弄脏，直到看不出原本的颜色为止。"

老人说："这很容易，我的兄弟。你已经对国王表示出了你的谦卑，你马上就可以如愿以偿了。你看看我们的王后，她现在还在跟自己过不去呢。她以为穿着朴素就能把她的美丽掩盖，其实这反而会使她变得更加光鲜亮丽。她的美丽不需要任何修饰。一起让国王看到这去掉骄傲和虚荣之后真正的美丽吧！"

苏任加玛很有感触地说："你们看！那边的太阳升起来了。"

王后终于回到了国王的面前。在暗室中，她匍匐在国王的面前说："主人，请您不要再赐予我从前的荣耀了，我现在只想做您的奴婢来伺候您。"

国王问她："现在你能接受我了？"

王后诚恳地说："是的，我以前总是想着看清您的容貌，想要在花园里找到您，却在那里遇到了一个漂亮的卑贱的奴仆。可是我的眼睛现在不会被这些美丽的假象蒙蔽了，虽然您不漂亮，但是您的特别是外界所有的一切都无可比拟的。"

国王对她说："能真正与我媲美的东西其实就藏在你的心中。"

王后说："但这是您的爱在我心里的反应。这不是我的，这一切都是您的，主人。"

国王说："这一切都结束了。从今天起，我将把暗室的门打开。走吧，让我们一起去迎接外面的光明吧！"

破 裂 ╱

　　博诺马利和喜曼舒两家人原本是远房亲戚，但是他们之间的关系并不像普通远房亲戚那样疏离。因为他们两家已经做了很久的邻居了——两家人中间只隔了一个花园，所以博诺马利和喜曼舒两人的关系也很好。

　　博诺马利比喜曼舒年长很多。喜曼舒还在牙牙学语的时候，博诺马利就经常会在早晨或者晚上抱着他去花园里散步，呼吸新鲜空气，陪他玩耍。当喜曼舒哭闹的时候，博诺马利马上就会安慰他，哄着他睡觉。

　　博诺马利从来不关心自己的学业，因为他有一个花园，还有这个亲戚兼邻居的弟弟。博诺马利对喜曼舒就像对待一株非常珍惜的藤蔓一样，他几乎是在用自己全部的爱去培育、指引他。这个孩子把他全部的身心都占据了，当喜曼舒像藤蔓一样把博诺马利缠住的时候，博诺马利觉得自己简直就是这个世界上最富有的人了。

　　喜曼舒长大以后，他和博诺马利就成了知心好友，他们之间似乎从来不会因为年龄问题而产生隔阂。

　　之所以会这样，是因为喜曼舒已经开始读书写字了。他有强烈的求知欲，一旦拿到书就会立刻坐下来读。虽然这种方式让他读了很多

没用的书，但是他的思想却得到了很大的提高。每次他把书中的内容念出来的时候，博诺马利都会成为他最忠实的听众，并且倾听他提出的那些心得。不管他们遇到什么样的问题，博诺马利都会耐心地同他讨论。即便是在处理事情的时候，博诺马利也从来不会把他当小孩子看待。博诺马利对喜曼舒的表现感到十分满意，毕竟眼前这个可爱的小家伙是他看着长大的。

喜曼舒对博诺马利花园里的一切都很感兴趣，但是仔细对比一下，他的那些爱好和关注的重点与博诺马利的爱好还是有一些差距的。博诺马利的兴趣是对植物本身的喜爱，而喜曼舒却对与这些植物相关的知识感兴趣；博诺马利喜欢照料所有柔弱的花草树木和一切无意识的生命，对精心培育那些比较娇贵的花草乐此不疲，但是喜曼舒只对种子的发芽、出苗，草木的开花结果充满兴趣。

喜曼舒常常将自己脑海中关于播种、嫁接、施肥和修筑篱笆等想法告诉博诺马利，博诺马利也十分乐意地接受喜曼舒的想法。后来，他们两个一起对花园进行了一番改造，花园的面貌焕然一新。

花园的大门前有一个十分雅致的凉亭，看起来就像一个用来祭祀的祭坛一样。每天下午四点左右，博诺马利都会穿上一件略薄的外套，再披上一条皱巴巴的围巾，带上他的烟袋，到凉亭处坐下来，独自吸烟，顺便无精打采地东张西望。他的身边没有什么亲戚朋友，他也不想看书或者报纸。时间慢慢地流逝着，就像从他的烟管里冒出来的烟雾一样，它们翻滚着升到空中，接着破碎、融合，最后飘散开来，一点儿踪迹都没有留下来。

过了不久，喜曼舒放学回来了。他简单地喝了点儿水，随便地洗洗手和脸，就以最快的速度来到博诺马利的花园中。这个时候，博诺马利就会马上放下烟管，然后站起来。从他脸上表情的变化可以看出，之前他之所以无精打采，是因为喜曼舒还没有回来。

　　接下来，他们两个会在花园里一起散步。到黑夜笼罩大地时，两个人会坐在凳子上休息。这个时候，凉爽的南风吹拂着树叶，发出沙沙的响声。在没有风的时候，树叶就像画的一样一动不动，只有他们头顶上的繁星在一闪一闪地散发着光芒。

　　这个时候，喜曼舒会滔滔不绝地讲述一些东西，博诺马利就在一旁安静地聆听。尽管有些内容博诺马利并不是很懂，但是他绝对不会打断这个小朋友的话。他就是喜欢听喜曼舒讲话，如果是换成别人对他絮絮叨叨，他肯定会十分厌烦。但是同样的话，由喜曼舒来说，他就觉得十分有趣。

　　喜曼舒也因为有博诺马利这样一个令人尊敬的成年听众，他的演讲才能、想象力和记忆力都有大大的提高。他读过哪些书就会讲哪些内容，他能想到什么就说什么，有些是他脑子里本来就记下的，有些是他凭借自己的想象力拼凑起来的，似乎这样就能掩盖他知识的贫乏。虽然他说的话有些是可信的，有些是十分荒诞的，但是博诺马利都会聚精会神地听着他讲，只是偶尔会插一两句话。每次博诺马利提出疑问的时候，喜曼舒的回答总能够让他茅塞顿开。

　　当喜曼舒去上学的时候，博诺马利就会坐下来回味前一天喜曼舒说过的话。他觉得这样仔细思考的方式是一个打发时间的好办法。

就这样，他们两个度过了一段美好的时光。没想到，有一天两家的其他成员却发生了争吵。博诺马利家的花园和喜曼舒家的房子之间有一条水渠，水渠的一边长着一棵柠檬树。当这棵树上的柠檬成熟的时候，博诺马利家的仆人就想跨过水渠去采摘，但是喜曼舒家的仆人阻止了他们，接着双方争吵了起来。如果他们那些骂人的话可以化作实物，那么骂声足以把那条水渠都填满。

这件事情发生以后，博诺马利的父亲霍尔琼德罗和喜曼舒的父亲高库尔琼德罗又大吵一架。吵架事件一步步升级——两家为了能够占有这条水渠，都向法院递交了诉状。

两家分别请来了当地比较出名的律师作为自己的代表，然后就在法庭上展开了很久的口水战。双方为了打这场官司，耗费了大量的钱财。这些钱财要是堆积在一起，都能把那条水渠堵住，即便是到了汛期，洪水都没办法冲走它们。

最后，霍尔琼德罗打赢了这场官司，法院正式宣布：这条水渠是属于霍尔琼德罗的，包括那棵柠檬树。尽管双方都对法庭给出的判决提出了上诉，但是上一级的法院维持了原判。

在法院审理这件案子期间，喜曼舒和博诺马利两兄弟之间的友谊并没有因此而受到影响。因为担心两家的冲突会影响两个人之间的友谊，博诺马利甚至想要用更加牢固的方式留住喜曼舒，喜曼舒对此并没有表现出任何不满的情绪。看起来，他们的友谊是经得住这次冲突的考验的。

就在法院判决水渠与柠檬树都归霍尔琼德罗所有的那一刻，他家里就被喜悦包裹了，但是博诺马利一晚上都没有睡着。第二天下午，他满脸忧愁地走到花园里，到他平时去的凉亭里坐了下来。这个时候，他觉得自己是这个世界上唯一遭到重击的失败者。

时间在博诺马利的苦恼中悄然流逝，一直到下午六点，喜曼舒依旧没有出现在他的视线中。博诺马利无奈地深叹一口气，抬眼看看喜曼舒家的房子，从那扇打开的窗子，他看到喜曼舒的校服早就挂在了衣架上，那些他熟悉的东西都已经在屋里了，这说明喜曼舒早就回到家里了。

博诺马利放下了烟袋，开始在花园里郁闷地踱步。他不断地抬头看喜曼舒房间的那扇窗子，内心始终期待着喜曼舒能够到花园里来。但是，喜曼舒最终还是让他的希望落空了。

博诺马利就这样一直等到晚上，远近的房屋都慢慢亮起了灯，他才终于下定决心慢慢地朝喜曼舒家的房子走去。

这个时候，高库尔琼德罗正在院子里乘凉，看到一个身影朝他走过来，于是开口问道：“谁在那儿？”

博诺马利正想着如何跟喜曼舒表达他内心的想法，被高库尔琼德罗的声音吓了一跳。他就像一个被当场抓获的小偷一样，变得手足无措。他微微颤抖着声音说：“叔叔，是我，博诺马利。”

“原来是你啊。你想要来找谁？屋里没有人！”高库尔琼德罗冷声说道。

博诺马利知道，此时的高库尔琼德罗一点儿都不欢迎自己，他在下逐客令。博诺马利只能垂头丧气地走回花园，默默地坐着。

夜色深沉，博诺马利看到喜曼舒家的窗户一扇接着一扇地关上了，那些透过缝隙射出来的灯光也慢慢熄灭了。对于博诺马利来说，喜曼舒家关上的窗户好像在预示着这个家将永远把他排除在外，他永远只能孤单地留在这漆黑的夜中。

第二天，博诺马利还是来到花园里坐了下来。他想，今天喜曼舒会来见他的吧。毕竟他们相处了这么久，喜曼舒每天都会来花园的。也可能，从此以后，喜曼舒再也不会来了。博诺马利想到这里，心仿佛坠入了冰窖，越来越冷，他怎么也想不到这位可爱的朋友会和自己决裂。这个时候，他觉得自己把全部的喜怒哀乐都寄托在这样的友谊当中是多么的轻率啊！今天，他突然意识到，他们之间友谊的纽带已经被扯断了，尽管他一点儿都不相信，但事实就是这样。

从那以后，博诺马利依然每天按时来到花园里面，他内心始终期待着喜曼舒能够偶尔来一次。很不幸，他的这种期待终究是没有实现。以前，喜曼舒每天都会来这个花园里。现在，他再也不会来了。

在一个阳光明媚的星期天，博诺马利想着："今天是星期天，说不定今天上午喜曼舒会和之前一样来我家吃饭呢。"虽然他的心里这么想，但是他的理智早就否定了这种可能。尽管如此，他仍不愿意放弃心中的那点儿期待。

就这样，上午的时间过去了，喜曼舒没有出现。博诺马利又开始找借口安慰自己说："说不定吃完午饭以后他就来了呢？"

午饭时间过去很久了，喜曼舒的身影依旧没有出现。博诺马利又想："今天这么好的天气，我那可爱的朋友吃过午饭以后肯定睡觉去了，他睡醒以后肯定会来的。"

事实上，博诺马利根本不知道喜曼舒是不是在睡觉，也不知道他什么时候睡醒。反正喜曼舒终究是没有来。

就这样，这天的黄昏到来了。接着黑夜降临，夜色渐深，喜曼舒家的窗户又开始一扇扇关闭、灯光也一点点地熄灭了。博诺马利就这样静静地看着这一切，他已经找不到什么语言来形容自己此刻的心情了。

就这样，那场突如其来的官司就像命运之神无形的手，剥夺了博诺马利所有的快乐时光，甚至没有施舍他哪怕一天的快乐。博诺马利用他那噙满着巨大委屈和哀怨的双眼，看着喜曼舒家那一扇扇关闭的窗户和一点点熄灭的灯光。他把生活带给他的转变和痛苦汇成了一句无比凄凉的话："我们的友谊就这样破裂了，真是太遗憾了！"

河边台阶的诉说

如果能够把过去发生的那些事情都刻在石头上的话，那么你可以在我的每一个台阶上看到很多我往日的故事。如果你对这些故事感兴趣，不妨就来这台阶上坐坐吧。只要你能够侧耳仔细听，你会听到潺潺的流水正在帮我讲述这些故事。

在这众多的故事中，有一个故事令我记忆尤为深刻。它发生在很久很久以前的一天，那天和今天一样，是个再普通不过的日子。当时，再过三四天就到阿斯温月①了。

清晨，一阵阵凉爽清新的和风，给刚刚从黑暗中苏醒的大自然带来了新的生机。嫩绿的树叶在和风的吹拂下，轻轻摇曳，犹如在跳着一支柔美的舞蹈。

恒河涨水了，河岸上只有四个台阶露出水面。河水和陆地突然成了最亲密的伙伴，它们此刻紧密相连着，分不清是谁在拉着谁的手。芒果林下面的河滩上有一片海芋，恒河的水早已漫到了那里。河湾那里有一堆被水包围住的破旧砖头。渔船停靠在岸边，船绳拴在了岸边的槐树上，船则随着清晨的潮水在河边漂荡起伏。那孩子般顽皮的潮水，在河里快乐地嬉戏，它们击打着渔船两边的船舷，或者干脆捏住

---

①阿斯温月，即印历 7 月，相当于公历 9、10 月。

渔船的小鼻子，和它开着玩笑。

秋日的晨光犹如金子般洒在高涨的恒河水面。我从来没有见过太阳的这种光芒，璀璨夺目，金光闪闪。阳光也悄然映照在了浅滩和芦苇荡上，刚刚吐蕾、还未完全绽放其美丽的芦花们，也散发出了同样亮丽的金色光芒。

船夫们嘴里念着"罗摩、罗摩"，然后解开缆绳开船。一艘艘小船迎着阳光，扬帆起航。如果将小船比作小鸟，将河水比作天空，那么我们将会看到一幅壮丽的飞鸟图。没有人不为这幅画作而惊叹，就连太阳也为此撒下了金箔。

这个时候，婆达恰尔久先生会像往常一样提着铜罐来到河边洗澡，几个姑娘也会到河边来打水。

其实，这个故事发生在不久前。可能你们觉得这个事情已经过去好久了，但是在我看来，也就过去几天而已。长期以来，我都在思考着属于我的时光是怎样乘着恒河的激流嬉闹着向前而去的。因此，我从来不会觉得时间有多漫长。白天和夜晚的阴影每天都会投在恒河之上，又会从恒河上流逝，没有在任何地方留下任何痕迹。

所以，即便我的外貌是一个老人，但是我的内心却保持着年轻。虽然我这么多年来的记忆早就被厚厚的水草覆盖了，但是它所蕴含的光芒永远不会消失。河面上偶尔漂来一株已经折断的水草，它可能会浮在我的心头，接着被河上的波涛卷去。即便如此，我也无法断言这株水草已经完全消失不见了。

在恒河的波浪接触不到的那些地方，在我身上的一些缝隙里边，藤蔓水草已经将它们占领，它们可以说是我过去岁月的见证人，它们温柔地帮我保护着那些过去的年代，并且让它们永远碧绿、优美、年轻。恒河的水一天天从我身边的台阶上退下去，我也在一个又一个台阶上慢慢衰老了。

丘克罗波尔迪加的那个老太太已经洗完澡，披上了漂亮的衣服，手上捻着串珠，颤颤巍巍地回家去了。虽然现在她已经很老了，但是在我眼里她依旧是当年那个年轻活泼的小姑娘。我记得，当年她每天都来河边玩耍。她会摘一片芦苇叶子丢到恒河里，看着它随水流漂荡而去。在我的右手边，经常有一个旋涡，芦苇叶子漂到那里以后，就随着旋涡不停地打转。小姑娘就会放下手上的水罐，静静地站在那里瞧着。过了一段时间以后，那个小姑娘长大了，她还带着她的女儿来河边汲水。接着她的女儿又长大成人了，当她的女儿们在河里相互泼水嬉戏的时候，她总会制止她们，教育她们应该互相尊重。每当看到这一切的时候，我马上就会想到那漂浮的芦苇舟，感到十分有趣。我就这样看着她们一天天长大，再一点点地衰老。

我觉得，我要讲的这个故事，可能以后都不会再发生了。每当我简述了一个故事以后，另一个故事就会随着水流慢慢漂来。一个故事匆匆发生，然后又马上逝去的时候，我没有什么办法把它留下来。就只有一个故事，就像那个被旋涡卷住的芦苇舟一样，在我的记忆里不断地旋转。这样的故事之舟，今天又满载着负荷漂到我的身边来了，并且它很快就要沉没了。它渺小得就像一片芦苇叶，上面除了有两朵盛开的小花以外，再也没有什么其他的东西了。如果哪位心地善良的小姑娘看见它沉没，肯定会长叹一声，然后无可奈何地转身回家去。

我还记得多年以前发生的一件事情。公沙伊家的牛圈在寺庙的旁边，牛圈只简单地用一圈栅栏围住。那里还生长着一棵槐树，在公沙伊家还没有搬到这里的时候，槐树下每周都会有一次集市。他们家现在建的祈祷室的地方，以前只是一个用棕榈树叶搭成的棚子。

现在，这里有一棵无花果树，它已经把它的枝条伸到了我的身体里面，它的根就像细长坚硬的手指一样，把我那颗破碎的石头心脏聚拢在一起。我记得，以前它还只是一棵小小的树苗。没想到短时间内，它就已经抬起了缀满嫩绿树叶的树冠。当太阳升起的时候，那些枝叶的阴影整天都在我的身上玩耍。它那新生的根须，会像婴儿的手指一样，轻轻地抚摸着我的胸脯。要是有路过的人摘掉它的叶子，我会感到十分心疼。

虽然那个时候我的年纪已经很大了，但是我的后背看上去还是笔直的。现在我的脊柱已经弯曲了，后背也变得驼起来；我身上的许多地方，出现了像皱纹一样深的裂缝；在寒冷的冬季，世间的青蛙纷纷躲进我腹部的洞穴中，它们选择在此处安身，为即将到来的漫长冬眠做准备。而那时的我，模样尚未变得如此丑陋，我的左手臂外侧也未曾堆积残砖断瓦。有一日，一只小燕子轻盈地飞进我的洞隙中，它选择在这里筑巢，与我相伴度过寒冷的时光。每当它早上醒来的时候，就会舞动着它鱼尾一样的尾巴，鸣唱着飞向蓝天。这个时候，我就知道库苏姆该走到河边来了。

我现在要跟你们讲的这个姑娘，因为我常听到她的同伴叫她库苏姆，所以我就认为库苏姆就是她的名字。当库苏姆的纤弱身影映照在水面上的时候，我就很想要把她的身影篆刻在我的石阶上，这样的身影对我来说简直是一道美景。

每当她的脚踏在我的石阶之上，四只脚镯就开始叮当作响。这个时候，我身边的水草好像也在随着这样的响声翩翩起舞。库苏姆并不会像别的姑娘一样沉溺于玩耍、聊天或者是嬉闹，但是令人奇怪的是，她的女性伙伴一点儿都不少。没有她的话，那些顽皮的姑娘就会感到非常寂寞。有些人叫她"古茜"，有些人叫她"库什"，还有些人叫她"拉古茜"，但是她的妈妈总会叫她"库什米"。我经常看见库苏姆在河边坐着。她的心就好像与这河水结下了一些特殊的缘分。她很喜欢这河水，就像我喜欢她一样。

不过后来，我再也没有见过库苏姆了。她的朋友会经常来河边哭泣。从她们的话里，我得知库苏姆被接到她的婆家去了。我还听说，她婆家所在的地方没有恒河。那里的人、屋舍、道路，还有河边的台阶，对她来说都非常陌生。库苏姆就像一株可怜的荷花，被人从水里强行移植到了陆地上。

时间慢慢流逝，我渐渐地忘记了库苏姆。很快一年就过去了，来河边的姑娘们也很少再提到库苏姆了。直到某天黄昏，有一双脚踏上了我的身躯，给我一种很熟悉的感觉。我很肯定，这是库苏姆的脚。我抬头一望，果然不出我所料，真是那位美丽的库苏姆。

但是我没有能够听到熟悉的脚镯声，她的那双脚再也奏不出美妙的乐章。长时间以来，我总是能够同时感受到库苏姆双脚触摸到我身上的感觉和她的脚镯发出的悦耳动听的声响。但是今天，我突然就没有办法听到她脚镯的声音了，库苏姆的脸上也失去了往日灿烂的笑容。在黄昏时分，我似乎听到了河水的呜咽。风吹过芒果树林，也响起了一阵悲悲切切的声音。

库苏姆现在已经变成了一个寡妇。我听说，她的丈夫一直在外地工作。她嫁过去以后只和她的丈夫相处了一两天，之后她就再也没有见到自己的丈夫了。她是从一封信里得知她的丈夫已经去世了。库苏姆擦掉头上的朱砂发际线、摘掉了首饰，回到了恒河边的家乡。

但是库苏姆回来以后，再也没能见到其他的伙伴。她们现在都已经出嫁了，只有一个名叫邵罗特的还生活在这里，不过她马上也要结婚了。现在这里只剩下库苏姆一个人了。她把头伏在双膝上，沉默地坐在我的台阶上。我似乎已经感受到，河里的阵阵波涛都举起手来，对她呼叫："古茜——库什——拉古茜！"

虽然库苏姆长得一天比一天漂亮，整个人就像雨季来临时的恒河一样充满了青春活力，一天比一天丰满。但是她那淡雅的穿着、忧郁的面容，似乎给她的青春蒙上了一层阴影。这让普通人没有办法发现她那充满青春活力的美。

似乎所有人都没有发现库苏姆已经长大了，就连我都没有发现这一点。她永远都是我心目中的那个小姑娘。虽然她的脚镯没有了，但是每当她走来的时候，我就似乎又能听到叮当的响声。十年的时间一晃而过，村里的人始终没有发现库苏姆早就已经长大了。

那一年帕德拉月①的最后一天，就像你们现在所看到的一样。那天清晨，你们的曾祖母起床以后就看到了如今天这样温柔的阳光。接着她们披上了头巾，提起水罐，穿过洒满了晨光的草地，踏上了高低不平的村路，说说笑笑地来到了我的身边。

那时，她们从来没有想过你们会降生在这个世界上，就像你们从来不会想到，祖母们曾经也有娱乐玩耍的青春岁月。那个时候也和今天一样，处处都是生机勃勃的景象。那些已逝去的遥远时光，同样十分真切。她们也曾如你们一样，内心充满柔情，体验过欢笑与忧伤；她们也曾像你们一样，有时候会内心澎湃，翻滚激荡。

在今年的秋季，她们已经不在了，连带着她们心中的悲欢喜乐也一起消逝了，她们的音容笑貌已经消失在历史的洪流中了。像今天这样欢乐的时光和明媚的秋日，她们再也没法看到，也想象不出来了。

那一天的清晨，风第一次吹来的时候，开满花朵的槐树将它的朵朵花儿都撒在了我的身上。一串串露珠也在我身上凝结了起来。不知道从哪里来了一个年轻的苦行者。他的皮肤很白，身材高挑，长相也很俊美。他到我对面的那座湿婆庙住了下来。苦行者来到这里的消息很快就传遍了全村。姑娘们纷纷把水罐放下，来庙里向这位贤者致敬。

来这里的人一天比一天多。这位苦行者不仅长得仪表堂堂，待人还彬彬有礼。他一看见孩子就把他们抱在怀里，孩子的母亲来了以后，他就询问她们有关家务的事情。在极短的时间之内，他就赢得了所有

---

①帕德拉月是印历5月，对应公历的8月中旬至9月中旬。

妇女的尊敬。男人们也会经常来这里。他有时候会诵读《薄伽梵书》，有时候又会跟大家宣讲《薄伽梵歌》，有时候就坐在庙里探讨各种经典。有人会来这里向他请教，有人会来这里求符咒，有人会来这里探病求药。姑娘们常常在河边议论："哎呀，你们看，这个人长得真美啊！简直就像是湿婆神化身为凡人，来到了这座庙里。"

每天早上，在太阳升起来之前，这个苦行者都会站在恒河的水中，面朝启明星，用缓慢深沉的语调进行晨祷。当他晨祷的时候，我的耳朵里全是他那深沉的声音，听不见恒河水的声音了。就这样，我每天都听着他晨祷的声音。等到恒河东岸天边的红日慢慢升起的时候，殷红的霞光照射在天边的朵朵云彩之上，黑暗就像花苞的外皮一样，随着花朵的展开，慢慢散去了。鲜花一样的红色霞光一点一点把天空点染成了红色。

我觉得，他是一个伟大的人，他每天早上立在恒河水中，深情凝望着东方，嘴里念着一种伟大的咒语。随着咒语一个字一个字地涌出，黑夜这种魔法被他彻底打败，月亮和星辰随之向西边落下，太阳从东方冉冉升起，世界也因此改头换面。他简直是一位神奇的人物！经过沐浴之后，苦行者那高大圣洁的身躯从水里慢慢走出来，一滴滴水珠从他的头发上滴落，他就像祭祀的火焰一样明亮夺目。熹微的晨光打在他的身体上，他的全身都散发出了神圣的光辉。

几个月的时间就这样过去了。有一天，发生了日食。很多人来到恒河里沐浴，那棵槐树下开设了大集市。附近的人都借这个机会来到这里，想要看一下这位苦行者。库苏姆家居住的那个村子里也来了很多姑娘。

这天早上，这个苦行者正坐在我的台阶上诵读着经典。一个姑娘看见他以后，马上拍着另外一个姑娘说："看！那个人是我们村里那个库苏姆的丈夫。"

那个姑娘用两根手指轻轻地把面纱微微地拉开一条缝，朝那个苦行者看了一眼说："我的天啊！真的是他呀！他是我们村里查杜久家的少爷，现在居然成了一个苦行者！"

第三个姑娘没有拨开自己的面纱，她只是开口说："看他的前额、鼻子、眼睛！一点儿都不差！就是他！"

第四个姑娘甚至看都没看他一眼，只是在摇头叹息的同时，把水罐装满了，然后说："哎？不是说他已经死了吗？难道他复活了？库苏姆真是命苦啊！"

有路人说："但是查杜久家的少爷没有这么长的胡子呀！"

还有人说："查杜久少爷也没有他这么瘦啊！"

另一些人说："查杜久少爷没有他这么高吧！"

就这样，她们的意见始终没有办法统一。事实上，她们永远都不可能有一致的意见。

村子里的人全都见过了这个苦行者，只有库苏姆还没有见过。因为来这里的人实在太多了，所以库苏姆没有来。不过有一天晚上，当月亮升起来的时候，似乎激起了库苏姆对我们往日友情的怀念。

那天晚上，台阶上没有什么人，只有蟋蟀在不停地叫嚷着。庙里刚刚敲过了钟，最后一声钟响的余音就像一个幽灵一样回荡在河对岸阴暗的树林之中，随着时间消逝慢慢减弱了。皎洁的月光洒在大地上，潮水呜咽着向前流去。

库苏姆静静地坐在河边，她的身影被月光投射到了我的身上。夜里的微风习习，草木寂寂。在库苏姆面前的是披上了一层月光纱的恒河。在她的背后，周围的灌木丛中，花草树木上，庙宇的阴影当中，残垣断壁上，池塘的岸边，棕榈树林中，黑暗用它的衣襟包裹住了一切，一切都静静地坐着。蝙蝠在七叶树枝上荡着秋千，猫头鹰站在庙宇的屋顶上哭泣。人们的住宅附近偶尔会传来几声豺狼的嚎叫，之后世界又再次归于平静。

苦行者慢慢地从庙里走了出来。他走到了河边，走下了几个台阶，猛然看见有个女孩子坐在河边，于是他想默默地转身离去。就在这个时候，库苏姆突然转头向身后望去。

库苏姆头上的纱丽滑落了下来。她抬起头，月光打在了她的脸上，就像一朵鲜花昂首沐浴着月亮的光华一样。就在这个时候，他们两个人的目光聚在了一起，似乎是在互相辨认对方，似乎他们两个前生就互相认识了。

猫头鹰鸣叫着从他们的头上飞过，这样的叫声让库苏姆感到恐惧，但她努力地在克制着自己。她拉起纱丽的一端遮住了头，然后站起身来向着这个苦行者行了一个触脚礼。

苦行者接受了库苏姆的行礼，向她表示祝福。然后，他问道："你叫什么名字？"

库苏姆回答道："我叫库苏姆。"

那天晚上，库苏姆和苦行者再也没有什么多余的话。库苏姆的家离这里并不远，于是她慢慢地朝着家的方向走去。那天晚上，这个苦行者在我的台阶上坐了很久很久。直到月亮不知什么时候从西边落下，他的背影慢慢地转到了他的面前，他才站起来走进了庙里。

　　从那以后，库苏姆每天都会来这里向这个苦行者行触脚礼。在他宣讲经典的时候，库苏姆站在一边安静地聆听着。做完晨祷以后，苦行者总会把库苏姆叫到跟前，给她讲解一些宗教方面的问题。我不清楚库苏姆是否能听懂苦行者讲的那些东西，但她总是专心致志地坐在那里聆听。不管苦行者吩咐她做什么，她都会把这些任务好好地完成。每天，她都会到这个庙里来做各种事情——她一日都不敢懈怠地敬仰神明。

　　库苏姆会采集一些鲜花供奉给神明，还会从恒河里打水来清洗庙堂。有时候，她还会坐在我的台阶上，思考着苦行者对她说的那些话。她的视野慢慢地变得广阔起来，心胸也变得十分开阔。她开始见识到了一些前所未有的东西，也听到了一些闻所未闻的事情。蒙在她脸上的那一层阴霾也渐渐地消散了。

　　每天早上，库苏姆会虔诚地向这位苦行者行触脚礼，她像一朵刚被露水洗涤过、供奉在神仙面前的鲜花一样，全身都散发着一种柔和的、欢乐的光芒。渐渐地，库苏姆那颗蒙尘的心就开始有了与往日不同的色彩。

　　时间慢慢地过去了，就在冬季即将离去的时候，冷风依旧在侵袭着大地。一天傍晚，一股春风突然从南边款款而来，驱走了飘散在天际中的寒意。很多天以后，村子里响起了竹笛声，甚至还可以隐约地听到歌声。船夫们划着船顺流而下，他们停下了船桨，唱起了歌颂黑夜的歌。鸟儿欢快地在树间玩耍，唱着欢乐的歌。春天就这样来到了这里。

在温暖的春风吹拂下，我的这颗石头心也慢慢地焕发了青春，新的青春和激情慢慢地充斥着我的内心，好像我的藤蔓也开出了美丽的鲜花。在此期间，库苏姆的身影始终没有出现。她没有来庙里，也没有来过河边，更没有到那个她尊敬的苦行者身边。

我不知道到底发生了什么事情。过了一段时间以后，一天晚上，库苏姆又出现在了我的台阶上，她和苦行者见面了。

库苏姆低下头来，恭敬地问："师傅，是您找我吗？"

"是的，我很久没有见到你了。你最近为什么不再热心敬神了呢？"苦行者问道。

库苏姆一直保持着沉默。

见到这样的情景，苦行者双眼注视着库苏姆说："请把你内心的想法告诉我吧。"

库苏姆微微偏过了脸说："师傅，我是一个身负罪孽的人，所以我不能再像以前一样热心地敬神了，我怕我的罪孽会亵渎了神灵。"

苦行者语气柔和地说："库苏姆，其实我知道你的内心始终是不平静的。"

库苏姆非常惊讶，她的内心大概在想："苦行者怎么会猜到我的心事？"她的双眼很快被泪水充盈，她用纱丽把脸遮住，坐到苦行者的脚边哭了起来。

苦行者从她旁边挪开了一些，说："把你内心的不安都告诉我吧，我会给你指引一条让你能够平静的路。"

库苏姆用虔诚且坚定的声音讲述着，因为内心十分不平静，她说话总是停顿，有时还会哽咽。她说道："既然您吩咐了，那我就告诉您。不过，我的表达可能会有些不清楚，但是我知道，您肯定能够明白我的。师傅，我很崇拜一个人，像对待神灵一样敬重、崇拜他。因为这种崇敬，我也慢慢地开心起来。但是有一天晚上，我做了一个梦，我似乎梦见他就是主宰我心灵的那个人。他在一片薄古尔的树林里坐着，用他的左手拉着我的右手，表达他对我的爱慕。我当时并没有觉得这是一件不可能的事情，也不会觉得这样的事情有什么值得惊讶的。但是当我醒来以后，这个梦却深深地烙印在我的脑子里。第二天，当我在现实中见到这个人以后，再也不能像往常那样看他了。我的内心老是会出现那个梦境。由于害怕，我决定远远地避开这个人，但是那个梦境却始终在纠缠着我。我的心再也不能够平静了，我身边的一切似乎都变得黯淡无光了。"

当库苏姆一边哭着一边讲述这些话的时候，我清晰地感觉到那个苦行者正在用他的右脚用力地踩着我的石阶。我知道，他此刻的内心肯定在翻江倒海。

库苏姆说完话后，苦行者就问："你现在应该告诉我，你梦里那个人是谁？"

库苏姆在用力地摩擦着她那双温柔的手，似乎是在下很大的决心，接着她双手合十说："师傅，一定要我说出他是谁吗？"

苦行者肯定地说："是的，你一定得告诉我。"

库苏姆说："师傅，我梦里的那个人就是您啊！"

库苏姆花费了莫大的勇气，才说出了自己的心里话。她的话传到自己耳朵里以后，她的身体就失去了知觉，倒在了我坚硬的怀里。苦行者似乎变成了一尊石像，呆呆地立在那里。

当库苏姆恢复了知觉以后，她立刻坐了起来。这个时候，苦行者依旧在原地伫立着，他对着刚刚苏醒的库苏姆说："我之前吩咐你的事情，你都做得很好。现在我还有一件事情吩咐你——过了今天以后，我就要离开这里了，我们不会再见面了。你也应该把我忘记。告诉我，你能做到吗？"

库苏姆站起来望着苦行者的脸，缓缓地说："师傅，我可以做到的。"

苦行者说："这样的话，那我就走了。"

苦行者就这么走了。库苏姆喃喃道："他居然吩咐我要把他忘记。"说完这句话，她慢慢地走进了恒河水里。

库苏姆是在恒河的岸边长大的，当她想在这里休息的时候，如果这河水不能伸出双手把她搂进怀里，那还有谁愿意给她一个拥抱呢？

经常在我怀里玩耍的那个库苏姆，今天结束了在这里玩耍的日子，她离开了我的怀抱走了。她将要到哪里，我无从知晓。

素 芭

一

这个女孩在出生的时候，大家从来没有想过她竟然会是一个天生的哑巴。在她前面出生的两个姐姐一个名叫素岂细妮，另一个名叫素哈细妮。于是，她的父亲就给她起了一个很类似的名字叫素芭细妮，大家都管她叫素芭。

按照当地的风俗，她的两个姐姐在出嫁的时候，会先被人反复相看，然后再由父母为她们置办一份丰厚的嫁妆。现在，这对父母开始担心这个不会说话的小女儿素芭的婚事了。这份担心就像一块沉重的石头，压在他们的心上。

大家都以为哑巴是无法感同身受的，所以素芭的父母在她面前毫不掩饰对她的担忧。但她从小就知道这一切，她觉得自己是因为受到了诅咒才会如此降生，因此她总是逃避别人投来的目光，一个人孤独地待在某个地方，把自己和外界完全隔离开来。她也常常想着："要是大家哪一天把我遗忘了，我反而会感觉自由一些。"

可是并没有人遗忘她，特别是她的父母。他们为了她能够有个好一点儿的将来，没日没夜地担忧。她的母亲总觉得这个女儿没有完全继承自己的血统。在她看来，孩子本来就是父母身体的一部分，女儿的缺陷让她感到非常的沮丧。

素芭的父亲对她很关心，他对这个女儿付出的关爱超过了对两个姐姐的关爱。可是母亲对素芭的缺陷却始终耿耿于怀，她觉得这对她来说，就是耻辱，因此她非常厌恶素芭。

素芭的眼睛又黑又大，有着长长的睫毛，嘴唇像花瓣那样美丽。可是，不管她怎么努力地张开嘴用力地呼叫，始终没有办法表达。即便是一个正常人，想要用语言来表达全部的内心世界，也是没有办法做到的，有时候还是需要别人去理解。就算能够完整地把自己内心的想法表达出来，也常常会因为表达方式的不同，而使人产生误解。可是素芭的那双大眼睛就如同一张灵巧的嘴，它可以清晰地表达出自己的情感，让所有的感情都在她的目光中显露出来。

她的眼睛时而圆睁，时而闭着，时而大放异彩，时而黯淡无光。有时候那双眼睛就像天空中的明月一样清澈柔和，有时候又像一道迅疾的闪电一般光芒乍现。天生的哑巴只能靠着这样丰富的眼神来表达自己的内心。他们的眼睛比别人包含了更多深沉和丰富的内涵，就像那一望无垠的天空，既可以看到晨曦，又能出现暮霭，光明和阴影能够在其中和谐相处。

素芭虽然是个哑巴，但是她有着和大自然一样的品格，她既孤独又强大。可是一般的孩子从来不会注意到她身上的优点，反而很害怕她,经常刻意地躲避她,不愿和她一起玩耍。她就像那艳阳高照的中午,很安静却也很孤单。

二

这个村子处在孟加拉,有一条小河穿过村子,小河就如同这片土地上的孩子一样活泼。小河很短,但是非常纤细优美,它每天都会努力地沿着自己的河道,不懈地向前延伸,居住在两岸的村民也建立起深厚的感情来。

小河的两岸分布着很多的房屋,高大的河堤上种满了树木。小河每天匆匆流过这个村庄的时候,欢快的河水声总能给村民们带来很多美好的东西,因此村民都把它视为幸福女神。

巴尼康托的房屋就建在这条小河的河岸边上,他每天都可以看到船夫们划着船在小河上自由往来。巴尼康托的家外围是一圈竹篱笆,里面总共有七间草棚,还有牛舍、仓库和草垛,另外还有一片种植着合欢树、芒果树、木棉树和香蕉树的树林。

素芭就是巴尼康托家最小的那个女儿,她每天都会先做完自己手头的活儿,然后一个人走到河边去静静地聆听大自然的声音。这仿佛就是造物主为了弥补她身上的缺陷而赐给她的一项特殊的能力。她可以从大自然中感受到平常人注意不到的那些美景——淙淙的流水声混杂着喧闹的人声,渔民唱出的小曲儿和鸟儿的鸣叫相互应和,阵阵清风吹来，把所有的声音都融合在一起，就像大海的波涛一样，此起彼伏地在这位少女平静的心中拍打着。

大自然的各种声音和各式各样的运动，都成了这个有着一双美丽眼睛的哑女的语言，这同时也是大自然自己的语言。从地面一直到天空，所有的一切都好像一段段生动的话语，里面既包含着肢体语言，又包含着面部表情、哭泣、歌声和叹息。

中午的时候，船夫们都会回家吃饭，小河上的船只一下子就变少了。所有人都睡午觉了，鸟儿也停止了歌唱，整个世界都凝滞了，变成了一尊孤独的雕塑。在这广阔的天空之下，沉默不语的大自然和这个没有办法说话的哑女，静静地倾诉着彼此的心声。他们面对面地静坐着，唯一不同的是，大自然暴露在强烈的阳光下，哑女则是坐在树下悠闲地乘凉。

其实素芭有两个非常贴心的好朋友，那就是她家牛舍里的两头牛。这两头牛名叫尔波西和班古丽。它们从来听不到素芭叫它们的名字，但是它们可以听见素芭走近它们时发出的脚步声，虽然这种声音不是用语言来表达的，却胜过了所有的语言。它们可以从这样的声音中感受到素芭的内心世界，因此它们知道素芭在什么情况下会来爱抚它们、什么情况下会安慰它们或者呵斥它们。

两头牛非常熟悉这种语言，素芭只要一走进牛舍就会伸开她的双手去拥抱尔波西，然后把她的脸贴在它的耳朵旁边不断地摩挲着。而班古丽就站在一边，静静地用它的大眼睛看着他们，不时地伸舌头去舔舔素芭，向她示好。素芭每天最少会到这个牛舍三次，还不包括她一时兴起，前来拜访的次数。每当素芭听到一些让她感到伤心的话时，她会马上来到这两位朋友这里。两头牛也能从她坚韧忧郁的眼神中体会到素芭心里的忧伤。它们心领神会地接近素芭，用犄角轻轻地蹭着她的胳膊来安慰她。

素芭的朋友除了这两头牛以外，还有一只山羊和一只小猫，但是素芭和它们的友谊有点不一样。它们非常喜欢和素芭亲近，尤其是那只小猫，不管是白天还是晚上，总喜欢躺在素芭温暖的怀抱里东张西望，悠悠地打着哈欠。每当它跑到素芭怀抱里的时候，素芭就会伸出自己柔软的小手，挠着它的脖子和后背，这让它感到非常舒服。小猫对素芭的抚摸乐此不疲，甚至希望得到更多来自素芭的抚摸。

三

素芭还有一个人类朋友，一个会说话的人类朋友。素芭的缺陷完全不会影响他们两个人的友谊。不过可以肯定的是，他们从来都没有过共同语言。这个人就是贡赛家的那个小男孩，他的名字叫普罗达普。

他是一个非常懒惰的小男孩，尽管他的父母花了很多心思，要他改变这种坏习惯，但是他最终很努力地证明了一件事——不要指望他能为这个家庭做些什么。所有的亲人都非常讨厌他，但是，孤单的素芭却很喜欢和他待在一起。因为他整天都是那样无所事事，所以他就像城市里那些不属于任何人的公园一样，成了大家的娱乐对象。在这个乡村里，也需要这样一个无所事事的人来填补人们工作和娱乐的空缺。

其实，普罗达普最喜欢做的事情就是去河边钓鱼，这让他能不知不觉地消磨时间。他基本上每天都会出现在河岸边，那儿几乎就是他的工作场所了。他手里拿着一根鱼竿，坐在那里，不为钓到鱼，只为消磨时光。

普罗达普也希望有一个伙伴能够来陪伴自己，对于钓鱼这项工作来说，素芭这个不会说话的哑巴简直就是最合适的伙伴了。所以，普罗达普非常喜欢素芭，还亲切地称她为素。每当普罗达普钓鱼的时候，素芭就会在附近的一棵树下安静地坐着，和他一起盯着水面，此外，普罗达普带来的枸酱汁也由她调配。

素芭坐在那里陪伴着普罗达普，帮他做一些很简单的事情，但并不是出于个人的爱好或是同情。她只是向他表明：她并不会因为不能说话，就什么用处都没有。但这些事情对她来说，确实没有必要花心思去做，她轻轻松松地就可以做完了。

于是，她经常在心里默默地向天神请求，希望天神可以赐予她一些神力。那么，她就可以创造出一些很奇妙的东西，等普罗达普看到的时候，一定会十分惊讶地说："呀！我亲爱的素原来是这么能干的一个人呀！"

让我们来想象一下吧，如果素芭是水神的公主，她就可以把一颗宝石从水里一下子送到岸边。当普罗达普看到这颗美丽的宝石时，就会立刻放弃那无聊透顶的钓鱼工作，把鱼竿扔掉，带着宝石跳到水里去寻找水神的宫殿。等他到了那里，就会惊讶地发现：天哪！我们亲爱的素就是这宫殿里的一位公主！

可是素芭只是普普通通的巴尼康托家的一个哑女，她没有办法让贡赛家里的这个小少爷普罗达普对她刮目相看。

四

时间像小河里的流水一般慢慢地流逝了，素芭到河岸边的次数越来越多，她也渐渐长成了一个标致的大姑娘。尽管她没有办法说话，但是她好像意识到了自己是真正存在于这个世间的。她有一种非常强烈的意识，就像涨潮时的浪花，涌向她的内心。可是她认真地体会这个意识过后却没有办法真正搞清楚，她不知道自己到底在渴望什么。

这天晚上，一轮圆月挂在天空，素芭却没有办法入睡。她轻手轻脚地打开自己卧室的门，探出脑袋紧张地朝外面张望。此时的月亮是一个月中最圆的时候。可是，这样美妙的月亮对于素芭来说却显得有些孤单。她只能默默地站在这宁静的大自然里，她觉得自己现在已经没有办法忍受这种内心饱含着丰富的情感，却没有办法表达出来的生活了。

现在，素芭父母心头的压力也越来越重。村里的人们都议论纷纷，甚至有人扬言说要把素芭轰出这个村子。也许是巴尼康托家实在太有钱了，所以才会招来这么多人的仇视。

经过仔细的考虑之后，她的父亲巴尼康托去了一趟外地。回来的时候，他对家人宣布说："走吧，我们到加尔各答去。"全家人收拾好了行李，准备上路。素芭很想知道，为什么一定要离开这里，可是父母从头到尾什么话也没说。这让素芭感到非常害怕，经常以泪洗面。她每天都在默默地帮父母收拾行李，常常用渴望的眼神盯着他们的脸，想得到一些不用搬家的信息，可是父母似乎从来没有注意到她的目光。

　　这天下午，素芭像往常一样来到了小河边。正好普罗达普也来到了他的工作岗位上，他笑着对素芭说："素，我听说你的家人已经给你找到了一个婆家，等你出嫁以后，可千万不要忘记我呀！"说完，他又开始专心地钓鱼了。

　　素芭听到了他的话，感觉自己的内心受到了伤害。她只能紧紧地盯着普罗达普，似乎在说："我到底哪里得罪了你？你就这么希望我离开这里吗？"

　　素芭并没有像往常一样找一片树荫坐下，而是在河边站了一会儿就离开了。她跑到了父亲的面前呆呆地看着父亲，然后哭了起来。巴尼康托当然知道自己的女儿不想离开这里，可是他不知道应该如何向女儿解释，只好跟着哭了起来。

　　父母的决定，孩子是没有办法改变的。于是，素芭只好向她的朋友们去道别。她最后一次给那两头牛添满了草料，搂着它们的脖子，深情地看着它们，仿佛有无穷无尽的话想对它们说。然而，所有的话语在此刻都变成了眼泪，从眼眶里一滴滴流了下来。

又是一个月圆的晚上，素芭在床上怎么也睡不着。她起身从屋子里走了出来，来到了那条陪伴她长大的小河边。她一下子扑倒在河边的草地上，两只手紧紧抓着地上的草，仿佛想让大地开口挽留。她希望大地能够紧紧地把她抱住，不让她离开。可是大地永远都是这样，既慈祥又沉默，好像它对此也没有办法。

没过多久，素芭就跟着自己的父母来到了加尔各答。这天，在他们的住处，母亲帮素芭扎起了发辫，上面系上了彩色的丝带，又给她戴上了首饰。在素芭看来，这一切都是不幸的符号，于是她的眼泪又流了下来。即便她流泪的次数越来越多，母亲也一点儿不顾及她的感受，还大声地训斥她，说她的眼睛会肿起来。可越是这样，她的眼泪就流得越多。

没过多久，新郎就和他的一个朋友来到了素芭家里，素芭的父母马上紧张起来，开始为接下来要发生的事情忙碌。素芭走出房间以前，母亲再次冲她大吼起来，让她马上停止哭泣。母亲忘了，越这样吼，素芭就哭得越厉害，只能无奈地带着泪痕走了出去。

素芭来到了新郎面前，他围着素芭仔仔细细地打量了一番，就好像一个天神来挑选自己满意的贡品一样。素芭的父母只能沉默地看着新郎，他们紧张得似乎都快昏过去了。

新郎看到素芭那饱含泪水的双眼后，认为素芭拥有一颗温柔的心。他觉得一个人有这样一颗心就很不错，这颗心现在可以因为离开父母而悲伤，或许将来会有别的用处。素芭的眼泪让新郎觉得非常满意，他对素芭的父母说："我对素芭没有什么要求。"素芭的父母这才放心下来，嘴里还不住地低声感谢着天神。

他们从日历上选了一个很吉祥的日子，为新郎和新娘素芭举办婚礼。当素芭的父母亲手把她交给新郎之后，马上就回到了村子。他们觉得自己的女儿现在一定很幸福了。

由于新郎工作的地方在国外，结婚后没多久，他就把新娘也带了过去。可是，没过多久，所有人都知道新娘是个哑巴了。她试图用眼睛告诉大家自己内心的想法，但是没有人可以看得懂她的眼神。她只好呆呆地看着别人的手，眼睛也不再说话了。

她开始怀念那从小熟悉的环境，还有那些能够看得懂她语言的朋友，可是这些对她来说已经遥不可及了。她只好在沉默中哭泣，甚至连哭泣都没有声音了。

渐渐地，她的丈夫开始厌烦她了，不过她并不是一无是处，起码她教会了丈夫下次一定要选一个会说话的妻子。当然，这个"下次"很快就变成了现实。